最も近き希望

倉石 清志

Opus Majus

SPES PROXIMA

深き内省の旅への恐怖を克服された全ての人々に捧げる

あらすじ

　この作品は、修道士ウィルフリッドが≪常若の国≫(ティル・ナ・ノーグ)を目指すも、志半ばにして病死する、ただそれだけの物語である。

　1349年の晩夏。疫病が猖獗を極めるヒベルニア。理想への逃避行。辛苦を忘却するための耽溺から、真理の愛求に動機を変えて、観念に潜思する若き修道士。

　悪の離隔を経て、知識の鍵を獲得し、感謝、承認、喜びを携え、愛の懐へ。終極における神秘の交わりによって開示されたものとは？

登場人物

ウィルフリッド　コークの聖アウグスチノ修道会の若き修道士。常若の国(ティル・ナ・ノーグ)を目指す
ファーガス　コークの聖アウグスチノ修道会の修道士
エドウィン　コークの聖アウグスチノ修道会の老修道士。常若の国(ティル・ナ・ノーグ)の探索を決意する

1

慣れ親しんだ地を離れ、私がお前に示す先へ行くがよい

　不断なる円環運動の創造的痕跡。分有的善の軸。途上に在る旅人。至福を巡る遍歴者。旅の終極は遥か彼方。永遠なる思惟の神現は、不知不信によって覆われている。神言が発出する可滅と不滅が織り成す生成流転の予定性。不変的魂は、一切の可変的魂を完全に創造した。大いなる魂による小さな魂の再生回帰。魂の再現性。完全なる善の下、真理から離隔するべからず。精神の眼は、最も近き神徴を看取せよ。再生なき永遠に参与することを望め。

　1349年の晩夏。疫病が猖獗を極めるヒベルニア[1]。三人の修道士がコークからキラーニーへ向けて歩いていた。

　その1ヵ月前。コークの修道院。そこの上長が疫病で召天した。それを契機に、数人の兄弟たちが瞬く間に上長に続いた。僧院は混乱を極める。地獄に打ち勝つ岩の分子が動揺したのだ。上長が召天して3日後の夜。エドウィン[2]という老修道士が就寝の中、神託を授かった。

　「自ら禁約(ゲッシュ)を課し、海へ出よ。常若の国(ティル・ナ・ノーグ)を目指せ。そこはこの地の真横に位置し、霧に覆われし島」

　灼然たる夢の神現。されど茫茫たる鏡の意志。険しき旅には唯一必要なものがある。それは傷一つない鏡の意志。老体の奥底から生えた信心は、死と恐怖の疫病が蔓延する地を進む決意を浸透させていた。真理と栄光の道を秘し隠す霧を振り払うかのごとく。永遠の地、私の内なる魂によってその存在を捉えよ。

　しばらくして、エドウィンは旅立つことを決心した。彼は〈死を賭して、迷うことなく、一心に、神現に随行し続ける〉ことを禁約とする。

　探索の準備を整える老修道士。彼はまず、聖ブレンダンの島の伝説を研究している友人の修道士キリアンに、自身の夢のことを知らせるべく手紙を書いた。直ぐにそれを、一番丈夫な僧院飛脚に頼んだ。その後、古き友人であるバーソロミュー[3]とマルガレータ[4]にも、概ねキリアンと同じ内容の手紙を認めた。

　キリアンからの返事を預かった飛脚が戻ってきた頃には、僧院では、エドウィンの神託が持ち切りであった。兄弟たちの話題に扱われたのは、陰での閑話から霊的講話まで、とはいっても大半はその神託の内容を疑問視していた。ところがキリアンの手紙の内容は、彼らの反応とは異なっていた。

　「兄弟エドウィン、主より授与されたあなたの生命が、この地に吹き荒ぶ〈大いなる死〉によって未だ奪われていないことをこの上なく喜び、この事実を主に感謝する。絶望と不信がうねる慌ただしい時の真っ只中であるがゆえ、一言だけだ。あなたの夢の神託を信用

1　アイルランド
2　ケンダルのエドウィン
3　ウルビーノのバーソロミュー
4　マルガレータ・エーブナー

する以外あるまい。ここに留まるは地獄。あなたの手紙に記された内容が神徴であると私は信じる。これが神徴でないとすれば、他にどのような解釈があろう？ 虚言？ 狂言？ そちらへ行かずとも分かる。あなたの神託を嘲弄する兄弟たちもいるであろう。気にせず、勝手なことを語らせておけばよい。理想に到達する者は、不断の信念を持つ者であるから。

　それから、あなたの観念の宇宙にまずは安堵を。舟なら確保してある。マナナンの魔法の船と比べれば屑に等しいが、これに頼る他ない。安心せよ、それでも多少の長旅に耐えうる丈夫な皮舟だ。常若の国の位置も大凡の目星を付けている。おそらくあそこだ。詳しい内容はここでは省く。その理由は分かるな、兄弟？ ともあれ、求めよ、そうすれば与えられよう。探せ、そうすれば見出されよう、だ。

　ちなみに〈ミカエルの岩〉に私の友人たちがいる。彼らも一緒に連れて行きたい。彼らは歌う。【岩を砕き、砕けた岩は陽の光によって輝く。煌くそれは大空に散布され、土となる。海の恵みの海藻を肥料にし、豊かな大地を実らせよう】。喜びと共に生きる孤島の兄弟たちだ。

　最後に、あなたに感謝したい。誰かに背中を押してもらうことを、いつも夢見ていた。しかし希望は現示された！ 理想への憧憬は現実となった！ 主の国への遍歴（ペレグリナティオ）が開始されるのだ！ 栄光の遍歴へ我々を運ぶ舟の動力が、あなたになるとは夢にも思わなかった。なるべく早くここへ来るように。大いなる死が、ここの地も狙っている。主の恵みと平和がコークの地にあることを願う」

　キリアンの手紙を落手した翌日。エドウィンは、他の古き友人たちの手紙を待つことなく、旅立つことにした。疫病を免れた兄弟の中で、二人だけがエドウィンの神託に希望を見出した。彼らは神託者の旅の同行を決意する。一人は、老修道士の莫逆の友ファーガス[5]、もう一人は修練期を終えて間もない年若なウィルフリッドであった。

　僧院を発つ。この行為は、〈権威〉の許可を得たわけではなかった。だが、エドウィンには確信があった。これは聖務であることを。

　ところが、その決意は、残る兄弟たちから罵声を浴びさせられる形となった。この地特有の重苦しい灰色の空の下、呪詛を潜った門出であった。三人は事実上、脱走者となる。決して還れぬ逃避行。永遠の故郷を求めに。

2

我々は主が示してくださった場所へ旅立つのです

　鈍歩の理由がある。漠然と語られる理由がある。断片的に示される理由がある。小宇宙では迷霧が立ち込めていた。それでも追求されるべき価値があるのだ。その存在は不確かに現れる。探求者の微かな希望が内なる思惟に威厳を保とうと開示する。希望は前途を捉え、縹緲たる光の存在に随行した。

---

[5]　アスローンのファーガス

沈黙と口誦、観想の生活は終わりを告げた。コークを出発したエドウィン、ファーガス、ウィルフリッドの三人は、キラーニーを中継し、ミルの集落付近に建てられたキルコルマン修道院の修道士キリアンと合流した後、彼の皮舟で常若の国を目指す。
　僧院を脱走して数日後。三人はマクルームを通り過ぎていた。現在、バリーヴァーニーの外れにいる。三基の小型の直立石。古代人の手による聖場。その直立石群の一つにはオガム文字が刻まれていたが、誰一人それに構うものはいなかった。直立石の内側の中央には無数の岩が散乱し、更には窪石（プランストーン）が設置されている。直立石にそれぞれが寄り掛かり、それぞれ物思いに耽ていた。
　聖石に寄り掛かるなど、古人の神聖性の冒涜以外何物でもない行為であるが、だがそれも仕方がないことだった。エドウィン、神託を授かりし者が既に疫病に侵されていたからである。

3

彼らは彼らの行いによって主を怒らせた。疫病が彼らの間に広がった

　ファーガスは僅かな野草を袋から取り出し、それを平たい石の上に撒いていた小麦粉と混ぜた。それから水袋を取り出し、その混ぜ物に水を注ぎ、捏ねる。団子状になった混ぜ物をエドウィンの口に入れたが、彼は直ぐに吐いてしまった。しかたなく水袋に入った僅かな水を彼の口に含ませた。水袋が空になったことを確認したファーガスは、水を補充するため、直立石群の聖場を離れて行った。
　ウィルフリッドは、エドウィンの太股の付け根にあるプルーンほどの大きさの腫物から湧出る血と膿を手拭いで拭い、その個所に酢に浸したマロウの軟膏を塗り、その上から何度か使用しては洗い直した包帯を巻いた。
　それからしばらくして、エドウィンの意識が朦朧とし始めた。時々このような症状がやってくるのだが、その周期は徐々に早くなっていた。彼の放心状態は主の神慮なのだろう。そう思わせるのは、大いなる死の苦痛は、死を体験するまで終わりがないからだ。苦痛と共に己の生命を絶てば、新たな苦痛がその者を駆け巡る。奈落に誘われるためである。苦痛は憎悪と恐怖を生起する。これらに支配された者はどこへ行く？　隷属者に相応しい場所に堕とされるのだ。
　神託者を蝕む疫病の徴。耐え難い苦痛は、朧げな道をよりいっそう闇に包んだ。だが希望を持て。彼は自失している。今や苦痛は虚脱によって掻き消されているのだ。絶望を除いて。

　エドウィン「現示の光明。暗黒の中に輝く直線の道を進めば、前方から希望が迎えてくれた、私の魂を。だがそれも今は昔。私の御父、私の御父よ。なぜゆえ、私をお見捨てになられるのですか？　人間性。不完全性。人で在ることの疑心が私をそう駆り立てるのです」

魂が潤う永遠の園に誘われるも、今や天の秤は私の魂を奈落へ傾けさせた。望まぬ傾向性。希望とは裏腹に完全性から去らねばならぬ。無念さだけが残存する。お示しなられた道。その脇の草木なき剥き出しの大地の血で染まった赤錆の無骨な形状の鎖に、私は繋がれた。軋む屑鉄の音と共に年期の入った肉体は陥落する。信心と希望によって支えられた土台に、亀裂が生じたのである。それでも完全に折損したわけではない。だがそれも時間の問題か？　ああ、私の魂よ。耐えよ、この事実に。この絶望の今を。迷うな。信じよ。受け入れよ。希望なき囚人となった私は死を宣告された。主の聖なる裁き、聖なる粛清を受け入れよ。

　こうした思案に在っても、観念の外の時は無情に流れ行く。苦痛の帰還。与えられし苦痛は私の魂を蝕む。苦しみは永遠に続くかのようで、絶望は祈りを妨げる。純粋な痛覚。実に単純作用ながら、私の魂と肉体を侵食するには絶対的な効果ではないか。

　願わくは、あなたへの愛と共に最後を迎えたい。早急な死をお与えください。主よ、素直に申し上げますが、私の信心は脆弱なもの。ゆえに葛藤によって動かされる始末。神現。それは確かなものだった。縹渺たる夢の鮮明なご示達であった。主よ、私はあなたのお言葉を全て丁重に、奥の院に収めております。ですが、私の肉体と魂は激痛に晒されているこの事態から背けようとします。主よ、あなたがお授けになられたこの現実の全てを同意できかねるのです。しかし、それでもあなたへの愛のために更に申し上げますならば、私の信心はこの現実の多くを受け入れておるのもまた事実なのです。全ては苦痛。苦痛の作用ゆえ、私は誤りに陥りそうになるのです。忌々しいこの痛みは、主よ、あなたのご意志によるものなのでしょうか？

　主の意志である。人は主の類似性を内有しながらも、人の原罪の事実は永続する。人は大罰を受け続けなければならない。

　されどなぜゆえ、老いて何もできぬ私に、あなたは神託つまり神現をお授けになられたのでしょう？　我々には到底意図できぬ深いお戯れなのでしょうか？　主よ。

4

主のみが私の岩、私の救い、私の砦である。私は滅びない

　大地に悪罵を浴びせるウィルフリッド。泥炭に足を取られたため。障害が到来したのではない。お前が障害に迫ったのだ。お前だけではない。今や全ての被造物がそうなのだ。

　人が創りし罪。絶望の淵の制作者による世の終末。一千年の経過において、いくつもの滅びの波が押し寄せられた。それは様々な形状の類であった。だがそんな過去の波など穏やかな水面に思えるほど、この度の滅びの波は強大である。波は時間を掛けてやって来た。恐怖と絶望の舞台を鑑賞するために、敢えて時間を掛けたのだ。波は生きとし生けるものどもを嘲笑う。悪疫は世を奈落と化し、世には救いが無いことを主張する。生命は無情に毟り取られ、分散する生命は塵を掃うかのように、空へ投げられた。生命の痕跡が散る。それを見ている魂に風が囁いた。次はお前だ、と。

悪疫の種子が風と同化した。瘴毒を運ぶ恐れ知らずの風。その邪曲なる大気は、一瞬にして私の体内に不治の瘴気を入れ込んだ。いや、吸わされたのだ。主は息である。されど疫病が息を支配した。主は疫病に倒されたというのか？　いや違う。主は疫病に世を管理するよう命じたのだ、人に代わって。この事実は絶望だけを生み出す。

　天使ラファエルよ。高潔さを保ち続ける癒しの天使。我らを保護する優しき天使よ。世に覆われた瘴気を粛清し給え。脆弱な畜群の嘆きが聞こえぬ、などということはあるまい？　もしや、それこそが主の意向に従った行為だというのか？　黙殺こそが世の救いだとでもいうのか？

　疫病は御父の業。我々の罪の深さによってもたらされた罰。受け入れねばならぬ。願わくは、徴をお与えください。聖なる刻印を。あなたとの絆の知標を。

　御父、あなたとの和解が適わぬなら、原罪を抱きつつ、世界との和解を願います。私と惨劇との和解を。この絶望と和解しよう。この地の底で、主よ、あなたを求め続けよう。私の信心にかけて。私は滅びない。なぜなら、私の信心が滅びないからだ。

5

傲慢な者を叱るな。お前を憎むといけないから

　ウィルフリッドは窪石に付着した苔を口に入れる。エドウィンは巾着袋からボリジの葉を取り出し、それを噛む。

　ウィルフリッド「兄弟よ、命の道を踏み外して自ら死を招く必要はありません」

　エドウィン「主のご意志、主のお導きに逆らえというのか？　今が最も耐え時。未熟な兄弟よ、この地獄を越えるのだ。猜疑に従うな。それはお前を魅惑する反逆者。神託に従うのだ」

　ウィルフリッド「我々の手の業によって滅びを引き寄せることはありません。あなたは病魔に侵されているのです。あの大いなる死に。そんな体で、常若の国を目指すなど、もはや不可能でしょう？　引き返すべきなのです」

　エドウィン「帰還は信心の道になし。これは聖なる務めだ」

　ウィルフリッド「この際、はっきりと申し上げましょう。我々の行為は逃避です。杳々たる希望に追行する絶望からの逃避行に過ぎません」

　エドウィン「逃避だと？　お前の精神に悪疫の種子でも宿ったか？　愚かな兄弟よ、お前ほどの愚者は見たことない。これは遍歴だ。郷外への行脚なのだ。濁ったお前自身の魂に

もう一度問うてみよ」

ウィルフリッド「いいえ。賢者のごとき兄弟よ、それは決して。我々の行為は遍歴として誤魔化した逃避行です。私はこの生き地獄から遁れたい。結局、あなたもそうなのでしょう？ あなたの本心は？ もう十分でしょう？ 我々の逃避を遍歴などと装う必要は、これ以上あるのでしょうか？ ここに至っては、ありのままで、心のままで良いではないですか？ 兄弟エドウィン」

エドウィン「お前の気持ちは解る。それこそ十分に。迷い、焦燥、不安。お前に信心があるなら、今こそ深く自己を省みよ。観念の奥底に存する灯に触れよ。我々の現実の行脚において、観念に浸水しなければならぬのだ。観念の光を捉え、その小さな希望によって前進するのだ。知恵と信心はお前の内に在る。お前は若い。だから忘れるな。全ては主観である。そして、我々は使命を持つ。我々の内にそれは在る。外にではない、内に在るのだ。御父より授かりし神言が在る。それに従うのだ」

ウィルフリッド「所詮、ただの夢に過ぎません！ 恐怖と不安が喚起させた淡い夢なのです」

エドウィン「こやつ、遂にはただの夢だと抜かしおったか！ いや、敢えて落ち着こう。お前の青臭い挑発に乗る必要はあるまい。我が内に迸る苦痛が、小便臭い悪餓鬼の挑発に対する怒りを静めたのだ。神現は確かに私の宇宙に在った。私の宇宙の痕跡として証明されている。私の現実として。私は今を生きている。苦しみの試練を頂戴している。主による試練は、信心と敬虔によって乗り越えられるものだ。私は今を生きている。常若の国を探し当て、そこに主と共に住まうために。私は今を生きている。お前たちを導くために。私自身を導くために。私は今を生きている。私の鋼の禁約に誓って」

ウィルフリッド「禁約。お笑い草だ。それに少し勘違いされておられるご様子。あなたはこの大地の血を引いていない。アルビオン[6]出身のあなたに相応しい行為とは思えません。兄弟よ、あなたは英雄にでもなったおつもりですか？」

エドウィン「我々は主に従う戦士だ」

ウィルフリッド「戦士？ では、聖戦士エドウィンよ、あなたは神経質で、短気で、頑固。おまけに疫病で死に掛けている老人。自己を省みよ、この言葉をお返しいたします」

エドウィン「経験を、それを生みだす老人を軽んじるでない。今そのことが理解できぬなら、いずれそれが実感できる日が来よう、反抗する兄弟よ」

6　ブリタニア／ブリテン島

ウィルフリッド「主に誓って、あなたを大切にしています。しかし、単に年を重ねることが経験になるなら、全ての老人は年を重ねたというだけで優れていることになる。事実そうではない。屑者は老いても屑者であることに変わりはない。経験には発展性が伴っていなければならないのですから」

エドウィン「まずは、いかなる時でも謙虚であれ。戦士として任務を全うしてきた老人には豊富な経験がある。経験は宝石。経験の所有者が滅びても、それは滅びることなく輝き続ける。経験を大事にせよ。それは語り継がれるもの。経験は知恵と知識を育成する。私の内にはごく僅かな知恵と知識が宿っている。すなわち、永遠的事柄の知性と時間的事柄の知性が。これらは主に与えられし固有のものであるが、これらは我々の経験によって強化され、主へ意向のままに絶えず流れて行くものだ」

ウィルフリッド「いつもご自慢ばかり。あなたに付き添ったのは損だった。間違いだった」

エドウィン「奥の院に収めた物を引っ張りだせ。今直ぐに。私の魂は、一度はお前に同行することを止めさせたはず。だがそれにもかかわらず、ご宣託に追随したのは誰だ？」

ウィルフリッド「兄弟エドウィンよ。あの凄惨な状況、上長も多くの兄弟たちも、あっという間に天に召されました。祈りと労働は悪疫によって妨げられたのです。もはや僧院は機能していません。混沌からの免れざる客が聖なる家に押し入りました。私は黙想の生を歩みたかった。下等な世の事物ほど私を萎えさせるものはありません。煩わしい人間関係や愚にも付かぬ風習から絶縁し、真理の学究を拠り所とし、自身の生を全うしたかった。それなのに、私の静寂なる生涯の設計は崩れ去りました。希望は刹那。私の始まったばかりの将来は早々に途絶えました。このまま絶望の淵で死を待つなら、正気とは思えぬあなたの神託を信じた方がまだ救いがあるというもの。常若の国へ逃避する。それはあの時の私にとって、小さな希望だったのです」

エドウィン「不寛容な兄弟ウィルフリッドよ。お前は逃げたのだ、現実から。ご宣託を利用して」

ウィルフリッド「ではどうしろと？ これからお戻りになられますか？ これからも、あなたの体を支えて歩き続けることに比べたら、今から僧院に戻った方がまだまし。侮蔑され、罰を受けた方がまだましです。僅かに生残った兄弟たちを裏切って、ここに来たのは誤りだったのだ」

エドウィン「もう良い。お前と口論しても埒が明かぬ。全く口が減らないやつだ。いい加減、自分の道は自分の内だけで決めよ。怠慢な兄弟よ。この聖なる遍歴に参画するならば本気を出せ。お前の内に主の像は在られぬのか？ 主に問うのだ。お前自身の道を示し

てもらうのだ。戻るか、先へ進むか。ただし、褊狭な兄弟よ。これだけは覚えておけ。いかなる運命が待ち受けていようとも、誰も恨むでない。後悔するでない。お前が試練の恐怖と不安に打ち勝ち、主の戦士となれることを祈る。陰湿な兄弟よ、清爽であれ。勇壮であれ。それらを携えて天へ志向するのだ。高めた真摯な態度は、この世の試練と戦った証明となる」

ウィルフリッド「お言葉ですが、私は強い。ここまで鈍くなったあなたを引っ張ってきたのですから。明らかに、忍耐の成せる業ではありませんか？」

エドウィン「サドカイ派のごとく、不信と妬みに支配されず、生意気になることなく」

ウィルフリッド「生意気とは？ まさか意見を述べることがですか？」

エドウィン「そうだ」

ウィルフリッド「では沈黙しておきましょう」

6

眼がなければ、光は捉えられない

　ファーガスが水汲みから戻ってきた。エドウィンが再び歩き出そうとしたため、ファーガスは彼に肩を貸した。二人は歩き始めた。少し離れて歩いていたウィルフリッドだったが、やがて二人に追い付き、ファーガスと同様、エドウィンに肩を貸した。
　この地の目まぐるしく変わる気候が、よりいっそう怒りと焦りを焚き付ける。嫌忌。悔恨。それらは無差別に全体へ伝染する。だがそれでも、嫌忌と悔恨を発出した起点は未だ強く、その存在性を主張する。実に単純なそれ。
　皮と骨だけになった体でありながら、私の体にずっしりと重さを与える老軀。前に進まぬ苛立ち。常若の国が私の観念に標されない。どこに在るかも分らぬ理想に振り回され、予想外の重荷を背負わされる始末。疫病に囚われ、死が今にもこの老骨を貪ろうとしている。私の負担はいつまで続く？ いつまでこの重荷を背負わなければならない？ 深い皺が取り囲み、観想し続けた青紫の細い唇から吐き出される忌々しい荒い呼吸。今や腫物だらけと化した魔物のごとき体が大げさに震えている。老害は一歩進めば絶叫し、もう一歩進めば主に祈る。死よ、一体いつになったら、お前はこの老人を迎えるのだ？ ここに在るのだぞ。夢の妄想に支配された哀れな老人が。この男に切言は不可能。夢魔に支配された狂人だからだ。
　逃避行の足跡を振り返れば、残っているのは滑稽さの塵。それらを集めれば直ちに喜劇となろう。何とも馬鹿馬鹿しい。この老人の言動、そして何より一時でもこの老人の神

託を信じた自分自身に！　常若の国だって？　幻想文学の主役を演じるために、ここまでこの老人を引きずって来たというのか？　私は何をやっている？　狂人の虚言にまだ付き合うつもりか？　この苦痛に喘ぐ老人は間もなく死ぬのだ。そうだ！　捨てよ！　ここに捨てて行くのだ、ウィルフリッド！　そうだ。死と悪疫を伝染させる忌々しいこの老骨を捨てて帰ろうではないか。コークに戻って、まだ途中であった聖具室の壁の修理を再開しよう。終末である。もうすぐこの世は粛清される。万有は一つの終わりを経験するのだ。それまでは不動の観想に埋没しよう。

7

亡者たちは、黄泉の底の住人たちは、その水の底でもがき苦しむ

　水の底は抽象標、実在の発端。世は再び抽象漂に回帰する。世の終わりが近付き、幽幽たる様相の中であれ、私は祈りと労働に励もう。老人の深読みされた妄言の世界から脱しよう。戻らねばならない。だが、私の静寂なる修文の生は閉ざされた。過去は一息によって更に遠くなる。修文の生を願っていただけなのに。それなのになぜ？　たったそれだけの望みすら奪うおつもりか？

　主よ、私は真理の学に打ち込みながら朽ち果てるつもりだった。ささやかな希望すら奪うおつもりか？　あなたが派遣された妨げる者の試練は、あまりにも峻厳。あなたが創られた生気溢れる土塊を敗残させることが、楽しいのでしょうか？　苦痛に歪む私を俯瞰することが、楽しいのでしょうか！？

　答えよ！　その位格は単なる飾りなのか？　絶望に這いずる創られし土塊に理解できるよう答えてみよ！　私の問いに！　お前は本当に存在するのか？　お前が在りて在る者ならば、答えてみよ！　虫けらどもに更なる絶望を与えるだけなのか？　創造の内なる被造物を弄んでいるだけなのか？　お前はそこまで暴君であったのか？

　熱情の者よ、お前は気に入らぬ者どもに非情な裁きを下し、そして後には後悔する者。やはりそれがお前の本性か？　足掻き続けるお前の創作物どもは決して報われない。憎悪と苦痛に在り続ける者たちを、なぜゆえ見捨てるのだ？

　利己的な存在者よ、我々はお前のような気分屋に創られ、生かされ、殺され、死と不運が蔓延するこの世に再び生み落とされるのか？　そのような循環過程を創ったお前は狂っている。狂人にして狂人どもの統括者よ。絶望する者どもを嘲笑う熱情者よ。我々がお前の創りし王国から出ることが不可能ならば、永遠にお前の野望のために道化師となって、お前を悦ばすだろう。存分に、気分のままに、楽しめば良い。

　私は何度も生まれ変わり、生まれ変わる度に、この地獄を嘲笑してやろうではないか。余りにも浅薄な創作家だと愚弄してやろう。余りにも陳腐な作品だ。お前は才能と感性に乏しき三流の創作家にすぎない。

　お前の無能さと自惚れ、そしてお前が在るという事実を私は冷笑しよう。在れ！　ただ在れ！　お前は在ることで、私は何度も転生する。吐き気を催す蛆虫、気味が悪い蛙、悪

臭を放つ野犬、取るに足らぬ雑草、良心の欠片もない極悪人、生きているだけで忌み嫌われる落伍者。どれに生まれ変わろうとも、私はお前の内で、お前を拒否するだろう。お前が永遠者であれば、私は永遠にお前を揶揄するだろう。永遠に誹謗するだろう。お前が我々に対して接したように、私はお前に対して、お前と同じように接する。まるで鏡に映るように。永遠の内で永遠に！

8

主が遠くから現れた。私は永続の愛をもってあなたを愛する

　少し進んでは休む。距離を稼いだとは言い難し。雲よりも遅く、それでいて地面の水溜りが蒸発するよりも速い。赤紫の洛陽。頭上の雲が時を急ぐように流れて行く。遥かなる理想を。追い求めよ、汝の信心の光を絶やすな。内なる松明を前方に向けて。
　薄暗い道の前方から、頭部全体を頭巾で覆った小規模な一群がやって来た。鞭打ち苦行者たちのようだ。先頭の一人が古木の十字架を背負っている。撓る鞭。飛び散る血。後に続く苦行者たちは、大地を睨み殺すかのように地面に視線を落としていた。怒りと苦痛の権威への抵抗。煮えたぎる負の情念。敗北者に相応しき熱情。自ら生み出す怒りと苦痛によって主の怒りを静める試み。絶え間なく生み出される怒りと苦痛は、自身の恐怖を麻痺させる。こうした行為に真の道はない。恐怖から逃避するための表象は、時として本道を越えようとする。傷口から進入する異端性。それを放棄せず、抱いたままこの世を去れば、それに相応しい審判が下されよう。光が照らされる本道を真直ぐに歩め。三人は彼らに簡単に挨拶を済ませた後、再び神託の道を歩いて行った。

　エドウィン「主の神言の外的関係性。外に向けられた大創造。その聖なる源流。連綿と流れし小創造。それは天地創造における余波。残存する波動の創造性。継続された創造。創造性は余波として、今もなお宇宙で継続されている。自己を高めれば、主によって小さな魂は知られるだろう」

　ファーガスとウィルフリッドは、エドウィンに肩を貸しながら歩いている。相変わらずの風景。エドウィンの病症がみるみる悪化している以外は。今にも閉じそうな両目はそれでも天を仰いでいた。

　エドウィン「闇の所与が明示される、愛の火花によって。愛は火打石。愛は鍛え上げた火打金に打ち付けることによって、霊性の火花を起こす。やがて火口に点火する。霊性の発光は狼火。間もなく、主が遠くから現れて下さる」

9

一代が旅立てば、別の代がやって来る。だが世界は永遠に留まる

　世界は闇だ。代々の闇。それは一面に覆われている。破壊、消滅、不安、絶望、虚無、不信、憎悪、怒り、嫉妬。闇の場は罪の隠れ蓑。漂う悪霊のごとき罪は被造物に憑依する。被造物は罪から逃れられぬ。万事に付き、罪を背負わされるのだ。永遠に背負わされるその罪は、永遠に受け続ける死。代表[7]が述べるごとく、「主の生命からの遠退きが終わりなく続く」。

　だが罪を匿う闇が有性の全てではない。見える者は見よ。見えぬ者は見える者に従え。闇の中に一筋の光が輝いている。縈然たる光。その光を見よ。闇の中で生きる我々にとって、その光を見据えて生きることこそが、唯一の救いなのだ。一条の光明を見続けることだ。

　ところが闇は一つではなかった。闇の中に闇が存在するのだ。闇の中に闇が隠れている。闇の中に闇が蠢いている。擬態した闇。闇を蝕む闇。闇を蝕み繁殖する。闇はこの闇によって朽ちるどころか、この闇によって闇で在り続けられるのだ。闇は自らを食すために闇の子を産む。闇の子は親を食べる。子は親を食べるや親の一部となる。親の存在は消滅しない。子は親を食べることによって、親に吸収される。食べられることで親は子を取り込むのだ。その後、また新たな闇の子が生まれ、闇の親を食べる。このように闇の運動は繰り返される。闇の永久活動。永遠に留まる闇の世界。

　一条の光は闇の動態を明らかにする。一なる実有こそが闇から救い上げていただける御方。闇に在ることを自覚する者は理解しよう。闇は多数であることを。世界は群れる。だがそれは群れても弱々しいもの。光の一なる実有は、そのことをお示しになられる。一は多数を支配するが、多数は一を支配できぬ。この一は大いなる始原であり、多数は一より生じた小なる付属である。よって多数は弱い。団結したところで、それの一つ一つが弱いものであるかぎり、完全に結合でき得るものではない。小なる多は、大いなる一の内に吸収されるだけ。

１０

友のために命を捨てること。これ以上に偉大な愛はない

　主の想望に応じよう。主に接近するのだ。我らが近付けば、主もまた我々のために接近して下さる。主の下に続く道は真直ぐだ。創造されし万有は、それぞれがそれぞれの仕方で創造主を愛する。万物の主への愛は、愛の部分においてのみ平等である。

　人よ、奥の院から使命を取り出せ。人は秩序の守護者。主の命により、全被造物を管理せよ。主の似姿である人。主の神性は人を通じて、宇宙秩序及び他の被造物を維持させた。しかし、人は主を裏切った。人は主の交わりを拒否した。楽園を追放された人は、主

---

[7]　アウレリウス・アウグスティヌス

と別離したと同時に、宇宙とも別離した。分断された世の混乱は遅遅と到来する。人の手による秩序の守護は適わない。もはや宇宙秩序・全被造物を守る力は失われたのだ。それでも僅かな力が残っているならば、思い出せ、主の恩恵を。森羅万象の生命を共有する兄弟たちを愛するのだ。万有は隣人。

　主こそが教師である。全兄弟に幸あれ。主の導きにより、私は喜んで犠牲となろう。兄弟を生かすために。兄弟たちが喜びの生を全うするために。猛威を振るう悪疫よ、私を殺すがよい。だが、私の理想は消えぬ。常若の国よ、待っておれ。宿る継承性。生命は次の生命に財産を継承する。受け賜わった神現は、ここにいる兄弟たちに託されよう。もはや私の務めは果たした。兄弟たちを歩ませるために、私は神託を授かったのだ。雀躍してそれを受け継ごうではないか。聖なる職務を果たそうではないか。主よ、願わくは、聖霊が私を祝福していただけますように。

１１

お前と共にいる。お前を見放すことも、見捨てることもない。強く忠実であれ

　エドウィンが倒れる。もはや彼の体には再び起き上がる力はなかった。それでも彼の魂は信心を忘れない。老修道士はファーガスに小さく頷く。ファーガスもそれに応じた。

　エドウィン「兄弟ファーガス、私の古女房よ。私は魂だけとなっても、お前たちに相伴うつもりだ。だから私の肉体が朽ちても、お前たちは神託の道を歩み続けよ。この内なる理想は私だけの所有物にあらず。この地の、現世の理想から絶えず眼を逸らすでない。理想の霧は理想を隠秘する。忍耐を有する者だけが、それを見出せよう。この世の理想、常若の国には心の貧しさがある。心が空であることこそが真の満足。何も得る必要のない充実。心の貧しさを得よ。さすれば、主は全てを与えよう。始まりを湧き出す終わり。私の生は始まろうとしている」

　エドウィンは次に、ウィルフリッドを見上げた。

　エドウィン「手の掛かる兄弟よ。このまま主の志向に導かれるか？」

　ウィルフリッドは彼の手を取って頷いて見せた。

　エドウィン「余暇を持て。愛しいウィルフリッド。心に絶えず余暇を持つのだ。今がいかに苦しかろうとも」

１２

私に従いなさい。死者に彼らの死者を埋葬させよ

　その言葉を最後に、老修道士は息を引き取った。病魔と闘いながら信心の道を歩んできた敬虔なる神託者。彼の意向により、死者への祈りを簡単に済ませ、魂なき死体を放置することにした。
　主は生きた者を観る。死者は死者としての新たな務めがある。生命を本性に即して燃やそう。限りある生命は理想のために。亡骸は英霊に託し、我々は進まねばならない。
　ファーガスとウィルフリッドは、なるべく無心になるよう自制し、黙々と歩き続けた。しばらくして、ファーガスが急に立ち止まった。ウィルフリッドもそれに倣う。前方の小丘の麓で、鹿が池に溺れている栗鼠の子供を優しく銜えて救出していたのだ。それを見たウィルフリッドは、来た道を振り返った。

１３

心を誠実に、そして毅然とせよ。災難時にも取り乱すな

　神託を継承した二人。老修道士の預言を信じた徴である。ファーガスとウィルフリッドは、キリアンのいるキルコルマン修道院を目指している。ファーガスはウィルフリッドの後ろを歩く。ウィルフリッドは疲労の色が濃い。だがそれ以上に、ファーガスの目は虚ろで足取りは重かった。苦痛に耐え忍ぶ彼の表情は、前方を歩くウィルフリッドが振り返れば容易に確認できた。
　ファーガスは、悪疫の種子をも神託者から受け継いでしまったのだ。この峻厳な道の先に理想がある。ウィルフリッドはファーガスに肩を貸そうとするが、ファーガスは丁寧に断る。既に、ファーガスの体にはあの黒い腫脹が見られた。絶望の徴が。

　ファーガス「身体は単なる土塊。永遠の範型によって創られた魂を入れ込んでいる土塊にすぎない。私の土が滅びようとしている。私の魂はそこから解放されよう。土の監獄の壁が割れれば、その檻も弱まろう。今にも外れそうな檻の間から、私は壮大な自由の一端を観る。もう直ぐこの狭く陰湿な監獄から脱出できる。自由の先に私は真に在るのだ。日々の習慣なる鎧はもう必要ない。禁欲の重々しい鋼武装はもう必要ない。労働と祈りの重厚な甲冑は大地に落ち、朽ち果て、そして大地の一部となる。自由は新たな誕生の契機となろう。魂だけとなっても、存在を凌ぐ存在者の内に在って、その権威に従い続けよう」

　ウィルフリッド「兄弟ファーガス、あなたにとって存在を凌ぐ存在とは何でしょうか？」

　ファーガス「兄弟ウィルフリッドよ。私はお前と異なり、無暗に舌を使うことを善しと

しない。お前の問いについて簡潔にこう述べる。主の本性とは超存在である、と」

ウィルフリッド「超存在？」

ファーガス「あらゆる存在を超えた存在者だ。実有の超越者。被造物では、あの御方を十全に捉えられない。分有的存在者はその内なる認識によって、存在を超えた者を十全に捉えることは不可能。我々の小宇宙に存在を超えた者の全貌を映し出すことは不可能なのだ」

ウィルフリッド「主とは、我々が示し得る全ての特性を超えた存在者、つまり無理解なる存在者であると？」

ファーガス「うむ。〈主は無である〉。この定立はお前も知っていよう。これは、超存在を把握する力を持っていない無力な被造物における見解並びに立場によるものである。超存在は存在を超えたものであるため、その存在は否定されることもなく、また、肯定されることもない」

ウィルフリッド「超存在としての主は、存在の〈有・非〉を超えたところの在りて在る者である、ということですね？」

ファーガス「そう。そのような超越的存在者によって、我々は無から限定されたのだ。主の無性は主の力能に内有するものであって、我々の力能によって生じるものではない。この無性は潜在性として、あらゆる実在性に備えられている。有性における〈有・非〉あるいは〈現・非〉の潜在性である。この潜在性は、有性的可能性として置換えられる。そして、この可能性は自存力的向上性である。つまり、無とは外的原因から刺激されながらも、自己の所有性によって自己自身を進展もしくは改修する向上性のことである。この〈潜在性・可能性・向上性〉としての無性は、本性的意志に導かれれば、潜在する有性機能の展開的実現性、すなわち完全性へ向かう現在的様相として想念的に現象され、その想念的現象の内に、無から創られし人に刻印された神的類似性を浮き彫りにする」

ウィルフリッド「無は潜在性？ 無は可能性？ 無は向上性？」

ファーガス「私はそのように考えている。断っておくが、無性について、お前と議論を深めるつもりはない。我々は急いで起き上がらねばならぬ身なのだ。いずれにせよ、無性は、神的類似を辿ることを望む意志の力能を育む。だから、意志を乱用するな。本性的動向を正しく使用するのだ。そうすれば、我々の小宇宙は、必然的に創造的源流に帰還する。意志の使用は、自己と関係する無性の作用を発揮するはずだ」

14

主は彼らに一定の寿命を与え、地上の全てを治める権限を授けた

　主は在りて在る者。主のみが完全なる存在。聖なる賢者[8]によれば、我々は僅かに存在する者である。内なる微少性は自己の存在性を迷わせる。迷いの作動が逡巡とならず、探索となれば、それは自我を拡大させ、それと同時に、自己宇宙の痕跡を追想する。痕跡は事実となり、僅かな存在性がいかに壮大な価値であるかを想起させる。価値の想起、それは我々が本来的に地上を管理する権限を有していたこと。今やその価値は消失し、我々の存在は微弱となった。それでも、僅かな存在は、超存在によって完成された潜在性を与えられている。潜在性は主を目標として進展する。

　主に近付くには天界に到達しなければならない。その聖なる場に立つことは、僅かな存在性のままでは不十分。天界に住まうことに慣れるならば、自己の内なる僅かな存在性を正しく使用し、高めて行くこと以外に、他の方法はあるだろうか？　私にはそれ以外の方法は見出せない。

　超越的存在者。その御方が住まう天界。主の意志の波を直接浴びて憩い、恍惚とする天使たち。そして、直接に主の恩恵を受ける資格者は純粋な魂。御目に適った者のみ。中央の園には煌く玉座。無限定なる威厳と荘厳な歓喜、充足を放射するのは天の君主である至福者。

　天界は生命を拒む、天界の巨大な堀によって。天界の堀は純粋性を守ると同時に不純性を拒む。生命は堀を越えられぬ。堀は純粋性が飛翔する以外は越えられぬ場。堀の外から天界を眺めるは生命の証。堀の外から天界に憧れるは生命の証。天界を称揚する生命にとって、堀を越えられぬがゆえに生命を育む。

　自己の僅かな存在性を高めた天界に相応しき者の精神には、善的軸だけが残る。その軸には翼が備わる。天界の堀を越えるためには、純粋性という聖翼が必要である。身軽な者でなければ、その翼は生えない。心が貧しい者でなければ、その翼は生えない。

　与えられた僅かな存在性では、巨大な堀は跳躍できない。現世において、我々の信心の強さを主に晒すのだ。存在性は前進する。存在性は展望する。我々の高められた存在性は、それに相応しい類似性の範型と結合する。魅かれた者は、魅かれる者へ歩み寄る。主は無償の愛を無限に分け与えるのだ。

　主は我々の精神の最高認識である知恵の活動、つまり至福直観に歓喜し、その行為を賛美する。愛の本源を直観せよ。主の恵愛に育まれよ。主は愛、愛と共に在る。主の位格は愛の関係。その関係性は、主における最高活動である。主の最高活動は、我々の最高活動を内包している。我々の愛は主の愛の内に在るかぎり、我々の敬神によって主は応えてくれよう。我々に、より高い存在性を付与してくれるのだ。主の関係性の発現すなわち無償の愛によって。

　内なる無償の愛は、自己の脆弱な存在性を省察する。この省察は魂を高鳴らせる。と

---

[8]　ヨハネス・(スコトゥス・)エリウゲナ

ころが、僅かに存在する者の僅かな存在性は、僅かに主の存在性を知り得るのみ。確かに、永遠者の類似性を人は有している。だが、人は制約された者であることに変わりはない。人は与えられた滅性を有しながらも、それでいて定められた観念に主の像を内包し、その鈍く映る像の現れに応答しつつ、自己の存在を維持する。

こうした神々としての部分を有する人には、知恵による葛藤が生じる。主の模倣たるべき自覚から生起する緊張関係。人は主の存在性を漠然と知りはできるも、明確にその存在性を把握することはできない。真に厄介な葛藤である。不滅性と可滅性を有する複雑な被造物として生きるかぎり、人の低いままの存在性を持続させるかぎり、主を十全に把握することは不可能。自己の僅かな存在性を高めよ。あの高潔な聖者パトリックや寛大な聖女ブリジット、仁徳なる聖者キーランのように。

天使ガブリエルよ、聖なる神徴を与え給え。それは観念の最も輝く希望となるであろう。

１５

主よ、御許にお連れ戻しください。私たちは帰ります。
私たちの日々を昔のように再び新しくしてください

主を信じて求めるならば、否定的検証を最初に行うのだ。知恵の下位なる理性の働きの一端によって。在ることを確信した立場によって否定の研磨を使用し、真理の姿を磨く。傷一つなく磨かれた像は、我々にその姿の一部を現前する。主に可滅性を着せてみよ。主は知恵の下位なる理性によっては十分に把握されない。漠然と輪郭を捉えるにすぎない。この世は理性的存在の理解を超えているものが存在する、という事実に直面するだろう。主のことを指す。

真理は知恵と信心によって意識される。知恵と信心は究極のところでは同じ関係・性質であるが、その終極に到達するまでは異なる関係・性質である。このことはやはり、知恵と信心の極まりによって意識され得るのだ。意識。意識できることこそが重要なのだ。

我々は主に似せて創られた性質である。土塊の内なる魂には知恵が宿っている。この世は、知恵者による知恵の過程を目的として創られた。主の知恵を拡張させるために。知恵の広がりによって、私たちは帰るのだ。主の下に。ところが、未熟者たちは口を揃えてこう叫ぶ。世は知恵者のためではなく、主自身のために創造したのだ、と。

主は自身に向けて森羅万象を創造した。だがそれは主自身のためだけでなく、全被造物のためでもある。主より与えられし黄金の知恵を省みよ。知恵は主の周りを回転しているではないか。人の神的類似性は、その根源であるところの主と結び付いていることを。

そうであるがゆえに、人は完全性を目指すのだ。完全性への渇きは満たされることなく、永遠に欲し続ける。この土塊が滅びても、魂だけとなっても。渇き続けるがゆえ、捉え難いもの、尊いもの、憧れるものの周辺を回り続けるのだ。御父は、御子である神言によって、可視と不可視の宇宙を創造した。天と地である。双方の対極性が交り合うのは、我々の知恵によってである。知恵は主の言を通じて宇宙の対極を一つにさせる。

一なる宇宙の中央の園に、創造者が絶対に存在する。絶対は不動。絶対は唯一。絶対は最奥。絶対は中心。主は我々の中にいて、我々の外に在る。ああ、神的円環運動よ、主を回り続ける永劫聖環の動態よ。それは美しく、壮大で、身近だ。

規定は宇宙秩序であり、この秩序は自然自体あるいは原自然である。自然自体は創造受動である。創造受動は創造能動によって産出される。創造受動には分が在る。ゆえに、自然物である人には分が在る。己の分を認めよ。そして生きとし生ける全ての生命の分を認め、愛し、憐れむ。その働きに神徴が浮び上がるだろう。主は万物の中に在るのだから。

１６

豊かな実りを摘み尽くすべからず。貧者や寄留者のために

ファーガスとウィルフリッドは、キラーニーに到着した。二人はイニスファレンの修道院に立ち寄ることにする。中心街へ通じる街道には疎らな人影があった。道路掃除人がいないためか、道は荒れている。ここもコークと同様、死と絶望に支配されていた。世の人集う場所に、もはや安らぎはない。寄集まる場に安らぎは帰らない。人と人の間に天界はなく、その代わりに疑心と脅威があった。周囲は魂に包含された狼狽と恐慌が今にも奔出しそうな様相だった。全くもって、豊かな実りではないか。なぜなら、悪しき見本が溢れているからだ。過剰に煌めく無価値が飽和する。それらを欲するなら模倣せよ。

〈主よ、憐れみ給え〉。その文字の上には赤十字が描かれている。感染家屋であることを伝える標識。その目印は所々の家屋の壁に貼られていた。汚れた住居の中には、疫病がもたらす激痛に喘ぎながら、主を呪詛している者がいた。奈落の底から至福者に向けての怨言。その行為は、ただ虚しく反響するのみ。

街道を更に進むと、１２人の祈願行列の兄弟たちと遭遇。イニスファレンの兄弟たちではない。疑心を伴った祈りと賛美歌が流れてくる。悪疫の種子を運ぶ風によって、今にも消えそうな蝋燭。修道士たちが行列を成して祈りながら街を練り歩く。彼らの多くは、自分こそが邪気を祓えると盲信している。群衆に縋られる心地良さに魅了された集団祈祷者たち。祓うなら、自身の醜い虚栄心を祓うがいい。

神託者が残した二人の修道士は前進する。すると、一人の屑屋が道沿いで商いをしていた。ところが彼は、単なる再利用者ではなかった。塵物を恰も高価な物であるかのように売り込み、私腹を肥やす詐欺師である。死と隣合せの最中、自らの命を拾わず、無価値を拾う。命は価値の台座に置かれる物。だが屑屋にとって、命は無価値の台座に置かれ、そして価値ある物として彩られる。屑物は誰の物？ 捨ててある物は誰の物？ お前の物は何一つない。屑物は質の悪い麦餅(パン)に変わり、明日も鴨を騙す。

鋳掛屋の家の前で、一人の主婦が悪態を付けて暴れていた。「蚤だらけの汚らわしい鼠ども！」自らを清めない者は、清められた者から遠ざかる。不純な者には同じ不純な者たちが集うであろう。彼らは群れては悪臭を放ち、群れの外にいる者たちを忌み嫌う。内では皆が盲目の服従を確認し合う。だが、清められることを望むなら、まずは、自分の全て

を尽くして、自分自身を清めよ。その行いは清い者の御眼に適う。
　今度は、製塩屋の家から図太い男の声が聞こえた。既に感染家屋の標識が貼られている。「死ぬまで待て！　その死にかけをまだ移動させるな！」身内であれ、悪疫に睨まれれば、もはや他人。絶縁、孤立は死後においても追従して来るのか？　疑心は恐怖を誘引する。恐怖は死の到来を加速させる。彼は死へ。死を通じて奈落へ。奈落を通じて別の者となる。悪疫は悪者を選ぶのか？　それは人と世に与える罰なのか？　悪疫からお守り下さるのは主なのか？
　ああ、人々は今や最低の場に在る。堕ちるに堕ちた憐れな存在。人が行うべきことはただ一つ。這い上がるだけである。

１７

私が鳩の翼を持っていれば、飛び去り、安らぎを見出すであろう

　小雨が降り始める。畜群を団結させる一本の縄。それは各自の絶対的孤独の忘失であった。孤独からの逃避。それを試みたところで孤独を振り切ることは不可能。なぜなら、それは逃避者の先を行くからだ。
　ファーガスとウィルフリッドは、しばらく街道を進んでいた。やがて森の景色に変わり、大湖の前に出る。霧がかった景色。広がる大湖の中に薄らとだが島が確認できた。霊妙さを醸し出す樹林の影像も。
　湖岸に停泊した一隻の小舟。その中で黙想している一人の修道士。イニスファレンの兄弟だ。ファーガスとウィルフリッドは彼に挨拶する。ファーガスはこの地の兄弟に僧院まで舟を漕いでもらうことを要請した。彼は承知し、舟を出す準備に取り掛かった。
　一方、近くの森に野草を採取していた一夜漬けの改宗者が、主が大いなる死をもたらしたことに腹を立てていた。その男はファーガスとウィルフリッドの存在に気付く。彼は強面のファーガスを無視して、ウィルフリッドに逆恨みした。だが、憂晴しの対象となってしまった若き修道士は眼中に無いとばかりに、その男の存在を全否定した。冷淡な表情を浮かべただけで、修道士は絡んでくる男に全く眼を合わさない。男は居た堪れなくなり、森の中へ引っ込んで行った。
　小舟の準備が整う。霧の湖の奥へ。小舟は沈思黙考の船頭によって運ばれる。周囲は鳥の鳴き声と櫂が軋む音だけがしていたが、正面の方角から亡霊のごとき叫喚、悲鳴が割込んできた。だがそのことに構わず、ファーガスとウィルフリッドは、それぞれ自らの翼を駆使して、小宇宙の一時の安らぎを漂っている。
　やがて、目の前に薄らと輪郭を現し始めたイニスファレンの修道院。そこは、黒死病患者や癩病患者のための療養施設（コロニー）として使用されていた。
　生命の活動は語り継がれるだろう。語りは事実を継承する。始めに神言があり、神言は抽象漂を携え、それを大地の上で疾駆させた。事象は無数の物語。意識によって眠りし物語は目覚める。

奥の院より呼覚まされたイニスファレンの失われた伝説の一つ。霧の妖精と黄金の水差し。イニスファレン付近の浮木。その上に黄金の水差し有り。霧が巻く、離れても目を引くその輝き。旅人が岸道を通る。やはり気付いたお前もか。それは旅人しか見えない魔法品。黄金への飽くなき欲望掻き立てる。さあ、欲望よ、泳ぐことなどへっちゃらだ。いざ泳がん、水差しを乗せた浮木まで。泳いで、泳いで、霧の中。浮木が急に動き出す。旅人と同じ速度で逃げて行く。これじゃあ、浮木でなくて流木だ。水差しから、霧が突然流れ出る。変身、変身、浮世のごとく。昇った霧は一匹の妖精。悪戯妖精、高笑い。翼なき者よ、目先の黄金執着し、霧の上、誠の価値有り、不可視かな。語り終え、水差し共に消えて行く。旅人、不意に叫び出す。服と持物、全て消え。霧が晴れ、途方に暮れる旅人よ。雨が降り、旅の目的思い出す。

１８

悪疫は主の前方に行き、疫病は主の足跡に従う

　小舟が到着した。ファーガスとウィルフリッドは小舟から降り、イニスファレンの地を同時に踏む。絶叫、哀訴、祈請。それらが禍害の底から湧き上り、この小島を共同統治する。
　修道院に入ると、入口付近にオークとトネリコの木が焚かれていた。燻蒸消毒のようだ。しかしそれらも、奥から氾濫する瘴毒によって瞬く間に消されよう。
　聖堂に入ると、香水と芳香剤の強い香りが歓迎してくれた。葡萄、トネリコ、ローズマリー、オークなど様々なものが混ざり合っている。聖堂には無数の亡者が横たわっていた。いや、それらは疫病患者たちであった。彼らの体から発せられる凄まじい悪臭と、堂内に充満した香水・芳香剤の混ざり合った激臭が、ファーガスとウィルフリッドの鼻孔を貫く。また、この僧院では見掛けない顔に、「お慈悲を！」と叫ぶ者もいた。
　薄暗い廊下から二人の修道士が現れた。４人は挨拶を交わす。ファーガスとウィルフリッドは彼らの好意で、薔薇の香がする手洗いで顔と手を洗浄した。
　ファーガスは彼らに、これまでの事情を説明する。その間、ウィルフリッドは聖堂でのた打ち回る患者を俯瞰する。彼は、ここで憩うことは不可能だ、と思った。そのような浅短な思案の中、意想外の事態が乱入した。何とファーガスが倒れてしまったのだ。
　張詰めていた糸が切れたのだ。二人のイニスファレンの兄弟とウィルフリッドは、奥の集会室まで彼を運んだ。集会室には二人の修道士が既に寝ていた。彼らも疫病に侵されていたのだ。加えて、一人の兄弟が、疫病で寝ているその二人の兄弟の世話をしていた。彼は立ち上がりウィルフリッドたちに加勢する。その部屋の空いた片隅にファーガスを寝かせた。しばしの睡眠が彼の肉体の苦痛から解き放ってくれる。死が新たな獲物を選び、その者を運び去る。嘆く人々は死に伏せる。
　ファーガスを運んできた二人のイニスファレンの兄弟の一人が、ファーガスの着衣を剥ぎ取った。その後、溶かされて間もない蜜蝋とオリーブオイル、空豆の粉末を布に染み込ませ、ファーガスの腋下にあるレンズ豆ほどの大きさの腫脹に当てた。それから、彼は

「疫病に武装は意味なし」と嘆いた。

　ファーガスを運んできたもう一人の兄弟は、疫病で倒れている兄弟の一人に、バーベナとインゲン豆を練り合せたクッキーを食べさせ、「栄養ある高価な食事も死から遠ざけることはできないし、彼らを連れ戻すことなど夢のまた夢」と嘆いた。

　ここで看病していた兄弟は、疫病で倒れている別の兄弟の一人の泡立つ腫物の膿を拭い、醜い漆黒の腫物、漆黒に染まりし肌にお灸を据えた。彼は、「無花果、アロエ、サフランなど揃えられる限りの解毒剤を試みたものの殆ど効果がなかった。ひび割れた腫物には包帯を巻き、血で汚れた床を洗ってきたが、死者は増える始末。腫物の数以上に死者を見てきた」と嘆いた。

　「大いなる死は主の裁きだ。これを甘んじて受け入れ、結果を待つことが信心である」と、クッキーを食べ終えた兄弟が天井を仰ぎながら嘆いた。

　手当をしてもらった別の兄弟が、自身の漆黒の両手を眺めながらそれに続く。「終わりを見てきた。ここまで逃げてきたが、今度は私が終わりであった」と嘆いた。

１９

鉄は鉄によって鍛錬される

　しばらくして、ファーガスが覚醒した。だが目覚めたところで再びやって来るのは現実。苦痛の奈落。絶望の地獄。死への一方向。

　ファーガス「兄弟ウィルフリッド。私のことは善い。これで善い。お前は一刻も早くここを出なさい。神託の探求を再開しなさい」

　ウィルフリッド「私はもう懲りたのです。腫脹のごとき気分になるのは。黒金が鈍く輝くような気持ちになるのは。再び荒んだ気持ちになるなら、このまま疫病で肉体を蝕まれた方がましです。兄弟よ、私は主に誓って、一人で進むことはありません。あなたを置いて行くことなどできません」

　ファーガス「私はこれで善い、といったのだ。この世の全て、過去と現在に納得したのだ。これ以上進めば、お前に迷惑を掛けるだけ。私は時間が許されるかぎり、ここで人々に終油を施そうと思う。同時に、私は一人でも多くの快復者がここから出るよう祈る。疫病の試練を克服した者たちが我々の理想を求めてくれるよう、私はここで祈る。我々の理想の士師となるよう、お前に期待する」

　ウィルフリッド「正直に申せば、私はあなたのことが好きではありませんでした。あなたは私を心から愛してくれませんでした。私はそのことを知っていました。怠慢な者を、あなたはお嫌いになりますから。ですが私は、あなたと常若の国の地を踏みたい。一緒に

このイニスファレンの地を踏んだように」

ファーガス「兄弟よ、約束する。私はお前の中に在る。それに、お前の奥の院には、天使的博士[9]がいるではないか？ 彼の思念の痕跡を取り出せ。この聖なる任務中、頼れる連れ合いとして観念から汲み出せ。兄弟よ、この世は善いのだ。凄惨な状況であれ、それでも善いのだ。この世を呪うな。この世界に無駄事、屑物、不要物はない。この状況においてなお、この世は素晴らしいのだ」

ウィルフリッド「互いに親和性がなければ、互いがいくら友情を育んでも、心底理解し合うことはないでしょう。両者の或る部分、或る事柄、或る問題において親和性が生じた時、初めて分かち合えるというもの。類似性が産出する和合は、両者を更なる高みに押し上げます。しかし、私とあなたとの間にはそのような親和性はない、と思い込んでおりました。今は違います。もっとあなたと語らいたい。主に誓って、本心からそう思えるのです」

ファーガス「愛する兄弟よ、善く聞いてほしい。常若の国を目指すなら、お前は自身の魂の鉄芯を鉄槌で鍛えねばならない。限界ある狭き場所に留まるな。精神を解放せよ。今や理性の枠に閉じ籠ることなく、十全に働きができるよう、それを越えなければならない。主の真愛に倣え！ お前の内なる愛がもたらす信心、希望によって、お前は謙虚になれるはず。己の可能性を見通すのだ。謙虚であれ。自己の悪性を省みよ。そうすれば、お前は自身の理性の限界に気付くだろう。されど、その理性を軸に置きつつ自己を解放させるのだ。お前の内に存する理性が発端となって、観念によって捉えられる真なる万有の先に隠れし祝福者の痕跡を照合するのだ。祝福の印を授かれ。主の観念を目指せ。そこに到達できぬとしても、その過程は御子の条理の内を歩むもの。御父に通じる道であるかぎり、それは恐怖や寂寥のなき道だ。精神の眼が啓かれるように、魂の鉄芯を鉄槌で鍛えよ。謙虚になろうと努める兄弟に祝福を。これまでのお前の罪は、全て私が許す。私がお前の罪を全て背負おう。では行け、謙虚に生まれ変わった兄弟よ。全ては善い」

２０

暗黒の中を徘徊する疫病も真昼に荒らす災難も、恐れることはない

　起床。朝課。一時課。過ぎ去るは生命。残像が意志となる。ウィルフリッドは聖堂にいた。決して鳴り止まぬ辛苦と恐怖が織り成す絶叫の中、彼は独り祈りを捧げていた。
　主よ、これより観念の孤独な遍歴を開始します。私の命が尽きるまで、この旅が終わることはありません。主よ、ご承知の通り、私は既に疫病の矢に撃ち抜かれております。五日前から嘔吐、高熱、頭痛、倦怠、悪寒、血痰が静まることはありません。それだけでは

---

[9] トマス・アクィナス

なく、腋下や鼠頸部にあの忌々しい腫瘍が確認できます。今やそれは、私の体を刺すような鋭利な痛みに成長しました。この痛みに耐えながら兄弟たちが歩を進めたことに、私は驚愕しているところです。兄弟たちの忍耐に倣います。

　拒否と否認に染まった私の過去。今では自らの意志によって、そこから這い上がろうと足掻いています。私は、あなたの恵みを要請します。この願望は私の未熟さ。弱さ。さりとて私は、拒否と否認に命を預けることはしたくないのです。そうしたものから脱却しましょう。なぜなら、私の死期は近付いております。それが契機となりました。

　主よ、今や私はこの現実を受け入れております。命あるかぎり、理想へ前進しましょう。私は私の両足を理想へ接近させつつ、私の観念の内に浸透します。それが私の志向性。主よ、あなたの神言を辿りましょう。小宇宙の遠き場所にて、輝く巨大な星を意識します。主よ、これよりあなたの下を目指します。

２１

一心に主を信頼し、自身の知性を信頼せず、
お前の全ての道において、主を心に留めていよ。
さすれば、主はその道を真直ぐにしてくださる

　負の心想の際限なき底に長らく浸水していたものが、急に浮上することは稀であるが、あり得る。身を以て体験したからだ。私はこれまで深底に眠っていた。反抗と誹謗なる矮小な快楽を得ていた。その快楽の後には空虚さの襲撃。その威力は凄まじく、私の暗黒の奥底に眠る良心が見る見る黒く淀んでいった。まるで漆黒の腫脹のごとく。私の脆弱な良心は、暗黒の奥底から這い上がりたかったのだ。

　さあ今こそ、自己の命の刹那を省みよ。命は消除する準備に入った。遠からず燃え尽きる。例え疫病の死が私の身体から出て行ったとしても、それがどうしたというのだろう。長く生きる被造物が主に最も愛されるわけではない。命が長くても、それを乱用して生きる者を、主は最も愛するわけではない。命の浪費者であった私よ、事物の存在した痕跡の長さは余韻である。時間の長さだけでは究極を獲得するための枢要を見出せないのだ。真理は持続によって得られるものではなく、瞬間の深さによって把握するもの。

　似せて創られた内なる部分、神的類似性を探そう。その探索は険しい。その途上において、命の輝きこそが命の意義なのである。生きる意義は在る。内なる個を捉えよ。個で在ることの源流を辿れ。命の残りをそれに捧げよ。途上の死を覚悟せよ。命が果てた後、長旅を再開しようではないか。

　一なる観念は小宇宙。汝、孤独で在れ。独りで進行せよ。一なる観念の内を省みることができるのは唯一人。それは自己自身。小宇宙の統括者よ、内なる暗黒世界を覗いてみよ。混沌が在る。無数の暗号が散りばめられていよう。それは目的なく彷徨う抽象漂。抽象漂、それは創造的混沌。それは概念以前の永遠・無限なる無形状様態。言語・記号になる前段階の無意味な漂流徴。それは万有の内なる小宇宙を拡張させるもの。小宇宙の管理者がこ

の抽象漂を集めることは、自己の宇宙が膨張することを意味する。内なる宇宙は、抽象漂を意志することで無限に拡がるのだ。

　志向によって抽象漂を掻き集めよ。漂うそれらを拾集せよ。抽象漂は内なる志向に結合する。正しき本性に即した知性によって、抽象漂を感知せよ。深掘せよ。拡張せよ。象徴せよ。小宇宙を再現せよ。いずれ奥義が開示される機会を得よう。中央に聳え立つ狭き門。その知識の門を開け。時間がない。善き小宇宙の遍歴へ。悪からの逃避行。

２２

主はお前に疫病を罹らせ、お前が得ようとして入ろうとする土地で途絶えさせる

　ファーガスと別れたウィルフリッドは、イニスファレンの修道院を後にし、独り湖沿いの隘路を通っていた。彼はキラーニーの町の中心街を通ることを避けた。その理由は単純で、ウィルフリッドの厭人癖にあった。仁恵に欠けた性質。若き修道士ウィルフリッドは自身の欠如を抱いたまま、キルコルマン修道院を意識する。

　町外れの道脇に、複数の集団墓穴が設置されている。どの墓穴にも死体が溢れていた。墓穴に死体が収容できないため、それらの周辺の野原に無数の死体が放置されている。墓穴の場には死体だけでなく烏が群がっていた。烏どもは墓穴に転がる手頃な死体を突いている。墓穴に横たわる死体の中には動物のものも確認できた。犬、鶏、羊など。いずれも疫病によって死んだのだろう。

　遠くの方から、運搬車のけたたましい車輪音がしてきた。どうやら死体運搬人がやって来たようだ。大男である。車には大量の死体が積重ねられている。死体運搬人はウィルフリッドを一瞥した後、墓穴の側に車を停止させた。それから大塵を扱うように、運搬車から死体を降ろしていく。しかも鼻歌交りで。

　不敬な死体運搬人。死と絶望に慣れた死体運搬人に誠実さなど皆無。真面目さなど、どこに残っているだろう。激痛の先の死の残骸が無数に横たわる。それら全ては過酷な闘いを強いられてきた。朽ち果てた肉体は未だ人間としての形状を残しているが、それもしばらく経てば土塊の一部となる。土の元素がまた増えるのだ。

　死を軽んじることは、大地を軽んじることである。大地を軽んじることは、宇宙を軽んじることである。宇宙を軽んじることは、愛を軽んじることである。無数に横たわる死体の過去には、その数だけの創痕がある。それは個の歴史。命の歴史。一部の歴史。死と絶望に慣れる者は、自分自身がその状況に在ることを自覚できぬのだ。ゆえに不知者よ、死によって洗い直されよう。やがて軽んじている死がお前を襲うであろう。辺り一面に死が漂っていることを忘れるな。

　その死体運搬人によって積み上がっていく死体の一体が、ウィルフリッドを睨み付けた。求めし者を途絶えさせるために。疫病患者の眼に注意を。既に疫病の矢に撃ち抜かれたウィルフリッドは、眼を逸らすことなく見据えていたが、疫病による悪しき症状によって先を急ぐことにした。

２３

正しき者は誰もいない。一人もいない。悟る者もなく、主を探求する者もいない

　しばらく進むと、道脇に襤褸を着た老婆が座っていた。物乞いのようだ。老婆は若い修道士など気にせず、無表情に自身の右腕を眺めている。何と、彼女の右手首が腐っていた。よく見ると、その部分が動いていた。腐った傷口に無数の蛆虫が蠢いているからだ。修道士が老婆に「なぜ蛆虫を掃わないのか」と問い質す。
　老婆はその態勢のまま、こう答えた。「腐れた箇所を蛆虫どもに食わせているのさ。強欲な蛆虫どもに毒素を、悪の種子を除去してもらうのさ。蛆虫どもの体内から悪気が放たれ、再び大気に戻るのさ。あたしゃ生き延びる。あの疫病をも克服したんだ。地獄の制作者に従う若者よ、誰からも必要とされない者、皆に嫌われた者が、懸命に足掻く姿を見よ。生き残れば勝利する。正しき者、悟った者は、もういない。好機。財産を所有していた者の多くは死んだのだから。強欲どもだ。生き残った者が、それを手にする資格があるのさ。奪うのさ。掠め取るのさ。地上の宝に執着せよ、死を忘れよ」
　生に執着する盗人の行為は、生を放棄した。地上の宝に魅了された者。彼女が欲するのは生を育むのではなく、欲を育むのだ。生きるのは欲のため。決して満たされぬ欲を慰めるため。自らの生を全てそれに向ける。そう、生を放棄したのだ。
　聖エイダンの模様のごとく、この世は伸びていく。拡張する世を俯瞰する天使ミカエルは剣を鞘に収めたまま。惨劇の終息はまだこない。

２４

**彼は水の流れのほとりに植えられた木のごとく。
時期が来れば実を結ぶ。葉が萎れることは決してない**

　傾向性に従え。それに即せ。人型の雲が流れている。大いなる死を撒き散らす雲が。死が再び押し寄せる。死の行軍。死の斥候がやって来た。痛覚、恐怖、孤独、放心。彼らは群れる。彼らは弱者を貶める。彼らは病人を虐待する。万有を呪えよ、と誘導する。創造主を侮蔑せよ、と駆り立てる。私の内で邪悪が宿った。私の内に在る邪悪が鼓舞された。刹那の生を憎め。皆早々と去っていく。お前は死を忘れよ、と。
　もう惑わされぬぞ。死の斥候の猛攻は、むしろ私の信心を燃え上がらせた。これぞ徴。今や私の意志、私の志向は主だけを求める。地獄の中央に輝く本道を歩き始めたのだ。私の信心よ、どうか私を導きたまえ。神徴の発見者は、誰しも真理を追うもの。追求性は誰しもの内に生来備わっている。これこそは主が存在する根拠の一つである。
　ところがどうだ？ 誰しもが追求性を秘めていながら、ごく少数の者だけが神現に遭逢する始末。少数の遭遇者たちよ、星の閃光は、一瞬だけ黄金に輝く門を具現化する。その黄金の門を潜るのだ。それは狭き門でありながら、それでいて遥かなる主の下へ真直ぐに

延びた道を隠している。青々とした葉は言。赤々とした果実は知。輝々とした真理が上からそれらを照らす。大いなる愛の放射。主の道を我々に示して下さることが真理である。現世において、真理の模索に終わりはない。

２５

若者よ、お前に言う。起きなさい

　断言する。覚悟は習慣によって強化される。付け焼刃のそれでは、瘴気によって直ちに腐敗する。早速、探求への強い決意は打ち破られようとしていた。疫病による苦痛は、若き修道士の熱意を吹き飛ばす。痛覚はウィルフリッドを苛立たせ、無力感を捻じ込み、彼の信心を再び懐疑の渦へ転落させようとしていた。思惟の連続性こそが自己を自己たらしめんとする。その流れに楔を打ち込め。確固たる意志の楔を。断絶に自己はない。
　一方、途切れた思惟の集団よ。不知に群がり、無知によって反抗する集団よ。真理の存在を否定する集団よ。誤謬の眠りに落ちた集団よ。お前たちは何も得られまい。直ちにここから去るがよい。お前たちに相応しき場所へ。滅びの道は欠落した手によって豪華に装飾される。
　だが、楔の者よ、お前は違う。お前は目覚め始めた者。偽りが偽りであることを知った。お前は、可滅の激流に耐える者。不知・無知から遠ざかり、耐え続けよ。忍耐は希望を現す。
　小さき楔よ、これも神慮なのだ。知識の鍵の発見は近い。お前の覚醒と共に世界は正しく見直されよう。お前の宇宙は、新時代へ移ろうとしているのだから。

２６

奈落の底から外へ、主よ、私はあなたを呼ぶ。主よ、この声をお聞きください

　数時間後。ウィルフリッドは道脇に巨大な切り株を発見した。それは子宮のように中央がくり抜かれていた。その切り株の側に人の影あり。薄汚く痩せた男と若い女が全裸で絡み合っていた。このような場所で性交とは何とも淫靡な。
　ところがよく見ると、それは身の毛もよだつ行為だと分かった。女は既に死んでいた。屍姦。空虚とのまぐわい。男は、おぞましい姦邪に夢中になっている。ウィルフリッドが近付くと、その醜穢な行為に耽る男は、ようやく独りの修道士に気付き、薄ら笑いを浮かべてこういった。「やあ、お坊様。ヨシュア・ベン・ヨセフのご機嫌はいかがですか？ 近頃はご機嫌斜めのご様子。偏狭な彼に寛容さを教えなさい。そして、彼に宜しく。憐れみ給え、汚物どもの主よ！」
　ウィルフリッドは瞬時に怒りが込み上げてきたが、その怒りは彼への黙殺によって鎮めることができた。いや、黙殺ではなく、彼の存在性に対する遺棄によって。

その男は続けてこういった。「お坊様、〈お前は清い〉と私に仰ってください」
　ウィルフリッドは無言であった。その態度が気に入らなかったのか、男は醜穢な行為に勤しみつつ、更にこう続けた。「弱者は自分が弱者だと自覚することで悟る。お前は悟っているとでも？ その境地に在ると誤解するな。お前と俺は同じ罪人。罪人が罪人を見下せば、主の思し召しには適わないぜ。お前も俺も同じ穴の狢。それを忘れるな。そして次のことも忘れるな。死体は魂を覆っていたものであることを。ならば、丁重に扱い土に返すものだ。そうだろう？ 丁重に持て成しているのさ。愛玩しているのさ、お坊様。俺の愛が伝わらないなら、お前は汚れている、だ」
　男の鼻から夥しい血が噴き出し、残り僅かな歯が全て吹飛んでいる。男の顔面は見る見る腫れ上がっていく。ウィルフリッドは我に返り、血に染まった両手を胸で拭う。右手から激しい痛みが走った。小指が折れてしまったのだ。
　酷く歪んだ指を戻した修道士は、新たな重苦を背負った。疼痛と後悔の咆哮は、周囲の鳥たちを飛散させた。更なる痛みは再び憤怒に代わり、動かぬ屍姦の男に恨みの視線を向ける。男は死んでいないようだが、顔面への幾度もの激しい殴打によって意識が朦朧としていた。痛手を負った男の状態は、ウィルフリッドの鬱憤を晴れさせた。若き修道士は一刻も早くこの場所から離れたかった。奈落の底から外へ。
　黙想を重んじる者の過ちは大きい。あの行為は義憤ではなく、憤怒である。清貧の黙想者にあるまじき行為。なぜなら、怒りは宝を遠ざけるのだから。怒りは狂気。怒りは創造しない。怒りは破壊するのみ。怒りの対象は幻影。本体は存在しない。荒涼とした魂に怒りの種子が飛散する。煮えたぎる怒りが発芽する。やがて、魂は萎れるであろう。
　悔い改めたなら、怒りと手を切れ。主は熱風の避難所。主を畏れよ。そして、善行を喜べ。燭台から燃え上がる光明のように魂は美しくあれ。

２７

主への敬虔は知恵である。悪の回避は分別である

　観念の逃避行。告解と復誦と共に進行する。重なり合う後悔と苦辛。終わること無きそれら。罪の自覚と改悔は、己の罪を破壊しようと己の魂に訴えかける。生きて犯した罪には苦しみが伴う。罪人は自身の罪が敵となる。
　私の奥底には悪が宿っている。悪は私の憎悪の傷口から噴出した。恐れるべき事態。腫脹から流れ出る膿の元凶は、腫脹の最奥。そこに悪があるのだから。圧伏させていたもの、押包んでいたものが勢いよく破裂した。艱苦に耐えられぬ。それは悪に負けているからだ。無知、欲望、憎悪の支配から自由になれない。誘惑する者、汝の名は悪なり。お前は誘惑する罪科を免がれない。苦を避ける理想は忘却によって失われる。弱々しくも、それでいて純粋な私の信心はどこにいった？
　痛苦、将来、死への恐怖に駆られることは、悪の従属者に相応しい。善の従属者にとって、それらは恐れるに足らないもの。驚異の対象とはならない。憂惧や煩慮を抱く根拠。それ

らに制圧された理由がある。内に善はないのか？ その欠片だけでもいい。悪がそれよりも強い悪へ牽引されることを阻止する善の欠片が。

　ペラギウスの嘘吐きめ。自己の悪を自力で克服することなど不可能。主よ、私の醜い行いを中断させるためには、私の醜い憎悪を静めるためには、あなたの御業をお借りしなければならぬ始末。内なる難事において、あなたの救いを要望してしまうのです。

　自身だけでは疼痛と消魂に搾取されてしまう。敬虔に乏しき私の志向は、どこを向いている？ 内的な根源に発する傾向性は何を求めている？ 志向の本性に真直ぐに即せ。このままでは自己は悪に奪われていく。自ら呼び起こした悪によって自身が阻まれ、不安定な場所で停止させられる。知恵に乏しき私の志向は、善を見据えようと足掻いている。

　私は主において存在する。私は善を分有された者である。自覚せよ、分有されていることを。分有的善はそれ自体独立しているものではない。それは付帯性なのだから。それは善の本質によって存在することができる。

　ところが、悪を宿す私の心。私の内なる悪は、善の展望を妨げる。敵の砦は難攻不落。

２８

今、何を躊躇っているのですか？ 立ち上がりなさい

　一体、悪はどこからやって来たのだ？ 分有者の内なる悪よ。悪を生じさせるのは誰だ？ 私が悪を求めたのか？ 否。では、悪を肯定しているか？ 否。それなら、悪は小宇宙の管理者に無断で自己自身を作り上げたというのか？ それとも悪は、小宇宙の管理者以上の権利を持つ者によって動かされているのか？ 分有者の内なる悪は、悪の元締によって操作されているのか？ 最高悪なるものが存在し、それによって存在させられているのか？

　もし、凶悪・元凶たるものとしての最高悪が存在するなら、その強大な悪はあらゆる分有の善性を飲み込むことだろう。貪欲者が好物を貪るように。奈落の王(アバドン)の大口のように。終末を生起した悪の疫病のように。

　そう、大いなる死だ。この惨烈な悪疫の種子は収まることを知らない。滅びることを知らない。忌々しい冥界の瘴気は、生命ある者を蝕む。おぞましい効果によって。ところが、疫病は主を侵さない。神言を侵さない。聖霊を侵さない。善を侵さない。疫病は聖なる奥義、三位一体を侵さない。

　そうだ。それが、いかに猛威を振ったとしても。忌々しい疫病が宇宙秩序の法則を支配したり、海や大気を支配したり、人の魂や知性を支配したりすることはできない。確かに疫病は、そうした事態的連鎖の表層に影響を与えている。だからといって、それらを完全に隷属化することはできない。最高悪が善の内を壊滅することなど。私の世界は外部の世界と同様、第一原理すなわち主によって秩序付けられている。

　では悪とは何なのだ？ 恐怖以外何ものでもないような絶対的な悪が、果たしてこの世に在るのだろうか？ 少なくとも私の中の悪とは強力なもの。私を惑わせ、貶める。私自身の小さな悪に私は難儀している。悪を統括し、諸々の悪を起源とするような、より強大

な最高悪が存在するならば、私はその悪によっていっそう苦しめられることになる。
　一方、善の場合はどうだろう。善とは完全性。善とは実在性。善とは秩序。善を授ける存在がいる。私は自己の魂に刻まれた徴によって、主こそが最高善であること、主こそが宇宙の第一原因であることを知る。
　分有的善は自身の本性から離れれば減退する。分有的善は外的原因に影響されるのだ。ゆえに、その善はその使用者の観念の内において絶えず変動する。善の内なる変動は上昇・下降運動の反復。下降態は欠如である。欠如は悪である。一方、善は秩序であった。不変的秩序の内の変動あるいは可変的作動の下降態が悪なのである。悪はその内にのみ存在することができる。
　悪を捉える場合、それが善の部分であることを認識しなければならない。部分を全体として考察するから、誤った観念を惹起するのだ。部分を部分として正しく認識できないがゆえに、最高悪の概念を誘発させてしまうのだ。善の内で最高悪が存在したと仮定するなら、それは自らを減退させ、消滅させるであろう。いくら悪とはいえ、そのような自虐的な存在は、善の内なる存在として自らを維持することはできない。ゆえに、存在から独立した悪は存在しない。主の世界には最高悪は存在しない。世界には完成した悪は存在しない。世界は悪によって生成されない。
　悪は善を起源とするもの。悪は善を基本とするもの。悪とは善の部分。悪とは欠如。悪とは欠落。悪とは滅性。悪とは無秩序。悪とは善の減退。悪は善をより小さくする。悪は善をより少なくする。
　欠如性の基本は可能性を秘めた善である。可能性を秘めた善とは、内在性の外在化あるいは潜在性の顕在化を内有するもののこと。可能性は目的を志向する。

２９

主は私の命を奈落から引き上げてくださった

　生々流転する美しき宇宙秩序を素直に壮観せよ。私にとって、嫌なもの、怖いもの、醜いもの。そう判断するのは、世界の関係網の一部を捉えているにすぎないからだ。悪は全体の一部。部分だけを捉えて、全てが悪だとするのは間違いなのだ。
　詰まるところ、最高悪は想像の有である。それは、恐怖や不安、憎悪などの情念が産み落としたもの。悲しみは悪である。悲しみとは悪しき傾向性へ低下すること。悲しみの旅は傷心の旅であり、また孤独に敗れ、退散する旅でもある。悲しみはそれと適合する仲間を探す。悲しみ、それの相性の良い仲間たちは乱用によって生じるため、本性から離隔している。本性から離れた者たちは迷うのが常。悲しみは悲しみを探すゆえに、彷徨い続けるのだ。迷いに迷った先にあるもの。それは悲しみの極み。悲しみの終極。悪夢の底。
　完全性を不完全性として見誤れば、本性的に善である軸は悪となる。人が善的世界を不完全な範囲でしか捉えないなら、それは悪である。善の観点からすれば、この度の疫病は、主の神罰ではなかったのだ。大きなうねりの中で私という軸が漂っている。現在性と

は、主の善的世界の波紋の一現性だったのだ。

　生起する万象を流動的かつ遠近的視野で認識すること。観念の漂った何かを見通せば、隠れた善の本質が次第に浮揚する。

　観念の内で賛成と否定が変転する。私は知った。絶えず変化する中、私は軸であることを。善の軸。喜びを願う軸。不完全なる把握、一部分のみの理解は、純粋な虚無を生み出す。可滅性に連行させるのだ。善的軸として、善の完成に留まれ。

　主は直接に善を創造したが、直接に悪を創造したわけではない。悪はそれ自身の本性によって、善が深遠なもの、許容度の広いものであることを明らかにする。悪は善からの離隔によって、その性質を増す。完全性・実在性からの離隔。より小なる実在性への移行。より小なる完全性への移行。これは、弊害あるいは不足を産出する悲しみである。欠損の盲信は悪を動機にした逃避。それは原罪の帰還。

　私は充足していない。善を分有しながらも、小なる完全性として未だ滞留しているため。まだ、より大なる完全性に至っていないため。付帯それ自体はその状態に執着するかぎり、決して満たされないもの。付帯性は本体性に付随する。停滞するな。善の相を見通せ。

　善である被造物。それは悪を原因としない。悪の原因は善である。悪は善を起源とする。悪は善の秩序の一部分。悪は善にとっての付帯性あるいは随伴性である。

３０

万有は主から出て、主を通じて、主を目的としている

　常しえの過程運動を行う大空の下、孤独に進む若き修道士。彼の頭上に波打つ無数の椋鳥。ざわめきが灰色の空を駆け巡る。

　今を生きている。生の実感。生の鼓動。それは比較によって知り得る。諸々の死の現れの客観化。激痛と絶望の中、世界は善に満たされている。

　善とは完全性すなわち実在性。善は福利あるいは充足を産出する喜びである。

　万物は実在。万物は喜び。主の創造によってそれらは在る。主によって万物は善し、とされた。それらは肯定されたのだ。万物は善。善は善から流れて、善を通じて、善を終極とする。完成を主体とした世界である。

　善は完成的命令に即した運動を行う。完成の動態は、遠近的観点からすれば一定に働いていない。絶えず拡張と縮小を繰り返す。完全的作動は喜びと共に躍動している。善的運動は一定の前進性ではないのだ。波を打つような減退性・上昇性の連続。これぞ、善の内なる生命の起伏！　世界が前進する過程の或る部分には悪つまり減退性が確認できる。

　繰り返そう。善は実在性・完全性である、と。反対に、悪は善の欠如である。ゆえに、悪は善の可能性であり、善からの離隔でもある。

　善の内なる生命の起伏。反復する上昇・下降運動。変動の下降態は欠如である。宇宙の完全性の内には不平等性、不均衡性が必然的に宿る。分有的世界は不均等を必要とする。世界は悪を必要とする。世界は欠如を必要とする。悪は善的生命活動の一端であるからだ。

3 1

鹿が水の流れを熱望するように、主よ、私の魂はあなたを熱望する

　善の万有はそれが善であるかぎり、究極の善を望む。究極に憧れる。善が究極のそれを求めるには自己の完全性を成就するためである。善の帰還。善である被造物の本質に他ならない。

　だが、善の内なる悪は、善から遠ざかる。滅びることは一つの悪である。善である私は、悪を内包しつつ滅びる。滅びぬものは、滅びの部分の殻を破り羽ばたく。敬神の知性が善の秘密を解く鍵。それを探し求められるだろうか？

　疑うな、主を求めた知識に誓って。それを探すことが人命の本分ではないか？ 全ての意志は本性上、究極を模索する。万物の本性によって、自己の善性を高められることに幸福を感じられない者はいない。そうであるならば、主と離れる者は悲惨である。万物は主によって存在し、存在するかぎり善いものであるから。

　人が小なる完全性へ移行するならば、つまり悪行に走るならば、その者の意志は脇へ逸れてしまったのだ。意志よ、寄り道するべからず。直ちに本道へ戻れ。そして心を穏やかにせよ。静寂な心は意志の方向を指し示す。本道を囲む荒野を眺め、今一度、本道の先を見据えて観よ。果てしなく続く本道。それを見通せるならば、己の意志は悪を求めず、善を求めるはず。正しく機能する意志は最高善を求めるのだから。

　善の本性に立ち返るならば、その者は改心したのだ。改心者に善の道は心地よく、会心なき者にとっては心地悪い。和解せよ。主に許されよ。主に注目されよ。隠れたる主よ、私は希望を捉えられない。だが、主の存在性は刻印すなわち神徴として、我々の内に埋め込まれている。これを内包するのは、隠れたる主の呼掛けであり、それは意志の証明である。私の意志は主を熱望する。主を肯定する。今や心から。背後には、葛藤と躊躇の痕跡。前には肯定と服従が見える。求める知識は、志向の先にある秘密を解く鍵となった。

3 2

知識の鍵

　碧落の温和な神秘に近付く。神秘が私の足下に恵愛を射光した。その閃光が消えると、私は一つの輝く何かを発見した。粲然と輝くもの、それは鍵であった。ああ、これだったのだ。知識は聖なる機会を見出した。知識は自己の内なる渇望を探知した。渇く。知識の鍵とは、真理探求の知識に内有する時宜。心の底から主を渇望することである。主への志向性。初穂の知恵よ、私は彼女の美を愛する者になったのだ。

　主を志向することは人の本性であり、その本性的活動は主との邂逅をもたらす。これまで蓄積された知識は、自らの力によって自己の限界を理解したのだ。ではなぜ、豊富な知識は自らの力の限界に気付いたか？ それは己の力能だけでは十全に悟り得ない対象を

知ったのだ。知識は己の弱さを理解した。今やその知識は、無知の知の境地に達した。聖なる知識は己の役目を終えて、一つの鍵となった。鍵は知識の門を開くために、その使用者を導くのだ。知識の役目として。今こそ、その鍵によって狭き門を開け。私は輝く鍵を拾い、主に感謝した。

鍵の制作者が自身の作品に徴を刻印するように、主も自身の創作物に自身の徴を刻印する。神徴よ。それは主によって制作されたかぎり、万物に宿るもの。誰しもが主によって押印されている。されど、多くの者は、自身の体の刻印に気付かぬ始末。万人平等に、それを見出す機会は与えられているのに。

今や峻峭なる最高峰の輪郭が微かに見えるだろうか？ 徴の鍵を観取する者は、選ばれし者のみ。導かれし者のみ。躊躇なく上進せよ。顧みず深思せよ。

３３

彼らは幼児の犠牲や密議、奇怪な儀礼を伴う熱狂的な乱宴を催す

疫病が生み出す痛覚は、ウィルフリッドを完膚なきまでに叩きのめす。もはや一睡も不可能。全ての腫瘍部分を中心に身体の隅々まで駆け巡る。鋭利な痛み。あたかも胸骨と喉の間に、両端が尖った針を宛てがわれているような。眠り落ちれば、胸骨と喉は直ちに抉られる。疲労は新たな激痛をお供にし、よりいっそう深刻になる。睡眠は私の下から去った。よろしい、ではさようなら。私は苦痛から解放された死後を意識する。

心行くまで、生を全うするのだ。主は、懸命に命を使用する者に褒美を授与する。専心には尊さを。一切を捧げ尽くした者の魂に永遠の尊さを。魂が尊いことは、高遠者の領土の門を潜れる資格者の証である。辛苦を嘆くな。前を見よ。門への道を歩め。

意識は朦朧とするも、それでも常若の国を夢見る。今やこの若き修道士には、神託の存在は基柱となっていた。だが彼の身心を破壊し続ける悪疫の種子は、彼の確固たる決意の隙間を狙ってくる。金剛石のごとく、彼の決意は一つとなっていない。ウィルフリッドは自身の悪と対峙している。悶え苦しむことが試練なのであろうか？ 主は、その姿を見届けているのだろうか？

満月の夜。上部のない円塔と聖堂の遺跡へ誘う深き木々に覆われた細道[10]。群がる淡明の蕩揺。前方から無数の鬼火が見え始めた。だが直ぐに、それは鬼火でないことが分かった。聖堂遺跡周辺で松明を振り回し、狂乱する老若男女たち。享楽と狂騒の舞台。下部だけ残った窓なき円塔の周辺では恍惚の舞踏が行われていた。疫病の苦痛と絶望を紛らわせるために狂うのだ。自我は生命を燃やす、無駄に、無益に、無意味に。

狂気の舞踏の円の中心。すなわち円塔の下で焚火をし、その妖しく熱情する巨大な焔の辺りで、男女が入り乱れ性交していた。酒と踊り、そして擾乱の交歓。ここに神現はない。ここに存するは全て刹那事。ここに存するは可滅事。この場の全ては奈落へ近付くだろう。

10　アハドー

救いはない。大いなる転生によって、お前たちと再会することがあるだろうか？　私は私の道を行く。悔悛なくば、お前たちはお前たちの道を行け。今はただ憐憫を込めよう。

　乱交場から少し離れたところに、この周辺では最も大きなケルト十字の墓がある。その墓の前で数人の男たちが一心不乱に何かを食べていた。月光によって、より鮮明にその様相を主張するケルト十字。何か硬い物が砕かれる音が響き渡るや、即座に強風がそれを掻き消した。男たちが食べていたのは子供の死体であった。子供の死体は原形を保っていたが、一部の個所は焼け焦げていた。一人の男が焦げた部分の肉を小刀で切り取り、それを頬張った。別の男は生肉の部分を骨ごと砕いた。更に別の男は、肉片と水で練り物を作っていた。いずれの男たちもくちゃくちゃと音を立てながら、今食べている肉の不味さについて語り合っている。

　彼らの共食いは、死んだ子供への愛着による一体性を願うものではなかった。単なる飢餓感による行為。子供を拉致し、殺し、食す。餓鬼に堕ちたか、あるいは蛮族に遡行したか、いずれにせよ、ここにいるのは悪の敗者であった。

　こんな屑どもは永劫の懲戒を受けよ。後悔せよ。苦しめ。嘆くのだ。ウィルフリッドの朦朧とする意識には軽蔑、否定が浮揚してきたが、彼はこれ以上、それらに勝手なことをさせなかった。

　ここに集っている多くは、人里から見捨てられた者たちなのだろう。家族であれ、疫病患者は見捨てられることも少なくない。今ここにある悪行の全ては寂しさ、不信、恐怖、空腹から惹起されたものなのだ。自戒すると共に、やはり憐憫を込めよう。だが、主に仕える私自身よ。この思惟は本心であると、主に告白できるか？

３４

人々は皆、彼が歩きながら、主を賛美しているのを見た

　ウィルフリッドがこの場を立ち去ろうとした時、乱交場から裸身の女が近寄って来た。幼い頃、毎夜聴いていたおとぎ話の妖精とは異なり、既に卵程の大きさの腫脹を体に付着させた醜女であった。悪臭を放ち、眼は血走り、栄養失調のようで彼女の腹には腹水が溜まっている。彼女はウィルフリッドを見て、こういった。「瑞々しい学僧様がなぜゆえこのような辺隅に？　生憎ここには真理などございませんことよ」

　ウィルフリッドは頷いて見せた。女は更に続けた。「あなたの主が許されるのなら、ご一緒にどうです？」

　ウィルフリッド「私は主の飼犬。主人の食卓から落ちた食屑をいただくだけなのです」

　ウィルフリッドはその場を後にする。彼らへの更なる同情と憐憫がその若き修道士の観念に浮上してくる。険しい理想の旅の中、苦痛と孤独によって己の決意を鈍らされている。こんな未熟な私が、彼らを責めることなどできようか？　苦しむ人々と共に生きず、

然りとて彼らを癒すこともできぬ。
　しかし果たして、彼らを真底愛せるだろうか？ 主を愛するがごとく、彼らを愛せるだろうか？ 私には無理だ。あの者たちに対する友愛はない。私の信心は戒める。兄弟を愛しながら終わりを受け入れよ、と。だが、彼らを愛することはできない。
　彼らに同情と憐憫を。せめて祈ろう。彼らの罪が許されますように。そして、私の弱さをお許しください。私のような藁屑の分際が理想を求め続けることを。

３５

聖霊の初穂

　善の本道を進む者は少ない。多くは自己の脆弱性・欠陥性に敗れ去る。敗者は勝者の下から離される。至福なる主は、初穂の勝者に近付き、善なる月桂冠を与えた。善性の下、勝者は喝采を浴びる。だが善性なきところ、勝者は隠れてしまう。勝者は賢者であるからだ。彼らは名誉に誘惑されない。
　初穂の勝者よ、至福なる主を求める者は私の周囲にいない。万人が主を求めることはない。主に謁見でき得る者が全てではない。主がそのように求めたからだ。神慮に逆らうな。初穂の勝者に倣え。神徴がどこかに埋もれている。財宝を発掘せよ。
　我々には平等に備わっているものが二つある。一つは知性。これを使用するかは、その人次第。次に、志向性。主を渇望することである。これに導かれるかは、その人次第。これら生得的な持ち物は、聖霊によって授けられた種である。
　初穂が実り始めた。しかし、私の知！ 私の知！ たったこれだけなのか！ この程度なのか！ 残された時間はないというのに！ 私の知！ 私の知！ 知性を純粋に仕上げよ。志向によって、理性を知恵に高めよ。急がば回れ。知恵の光明に即して、一歩一歩確実に進もう。

３６

大地よ、恐れるな。楽しみ、喜べ

　霧の朝陽。足に力が入らない。決意は万全ながら、されど肢体を支配できぬ。それでも駒を進める。休止することなく。眠りだけでなく、憩うことをも失う。
　主は創造し終えた。大地は主を観る。万象の流れは、私の観念を追い立てる。鈍く輝く光へ。決して止まらぬ遅緩。小さな展開を囲み俯瞰する若木の群れ。初々しいオークたち。あの気高き若木たちは、私が通ったことを記憶してくれるだろうか？ あの気高き若木たちは、私が生きたことを記憶してくれるだろうか？ 存在の痕跡は、永遠化された自我の結合した片鱗の記憶である。
　時々、形容し難い無数の何かが蠢くような妄想に支配されながら、それでもウィルフ

リッドは歩いていた。すると、宿り木が寄生した一際巨大なオークの木の下に、白い長衣を纏った老人がいた。左手で束にしていたシャムロックを空に向けて振り撒き、右手でオークの木の松明を振り回し、何事かを呟きながら円を描くように練り歩いている。よく見ると、白い衣は糞尿に塗れていた。

　老人はウィルフリッドを見るや、こう叫ぶ。「枝編み人形の生贄か？　罪人か？　捕虜か？　我が日課を邪魔する者ではないのか？　ならば黙って聞け。我は三位一体なる葉々の神秘に消された偉大な過去。記憶によって継承されし記憶。現在する記憶。オークの記憶によって、善の知神ダグザの使徒であることを志向する。我は再生と死を与える。我が知は万事を包む。嫉妬や憎悪をも。我こそは最後の真なる祭司、神木の知者、我はいかなる動物にも変身しようぞ。変身は魂を先行させる。生命の変容性は機会を接続するのだ。

　内なる宇宙の機会は宇宙の抽象漂を拾集し、記憶と練り上げられ、蓋然性を呼び起こす。そしてその蓋然性は遭逢を求める。蓋然性は他の宇宙の蓋然性と会遇するや、結合したそれは未来を産出する。未来の新性は魂を移行させるのだ。

　心を傾けよ。まずは生命に。古代より継承されし敬神は生命を賛美する。人だけを見るな。全てはそこから誤る。動物、昆虫、木々、花々、風、水、火、闇、光、砂、石、岩、太陽、月、星、妖精。万物に平等に宿るもの、それは生命。生命は大いなる生命によって付与される。大いなる生命を敬うのだ。生命の均衡秩序は、その者によって維持される。この度の悪疫は生命の均衡、あるいは粛清である。

　心を傾けよ。次に記憶に。記憶は記憶によって受け継がれる。現在の記憶を留めるのだ。新しきは可滅性。新しき主人に仕える若者よ、神秘が隠れし森は薙ぎ倒された。トネリコ、イチイ、オークの全てを。人々は神秘を追放し、付け焼刃の知性によって秩序を強姦した。だが、この地では未だ神秘は失われておらず。神秘は永遠の子。神秘は親のもの。神秘の親に守られるかぎり、子は完全に途絶えることはない。虐げられながらも、親の深い愛情によって育成されている。いずれ、神秘の子は成長しよう。成長した子は使命を想起する。大いなる記憶によって。人の種はやがて自己崩壊するであろうが、その無人の大地はやがて神秘に取って代わる。

　神秘は在るべき場所に帰還するのだ。追放者の眷属よ、お前たちの心は渇いている。神秘の子に焦がれているからだ。自らが追放した神秘を求めているからだ。ところが、神秘は完全に還幸せず。神秘の斥候が森に戻っただけ。現在の記憶の森。導く神秘の使い。惑わす神秘の使い。絶えず化現する森の精が、お前を誘うだろう？　だがそれは、魔性の眼を持つ者が化けているやも知れぬ。

　この付近には鬱蒼と茂った森があるだけで、輝くベレヌスも、優れたミアハもいない。仮にいたとしても、死と消滅のバロールの魔眼による瘴気を祓うことができようか？　バロールの魔眼の視線に捉えられれば即死する。魂までが滅びるのだ。もはや転生は不可能。永遠に死者となって冥府で彷徨う。しかし、魔眼を直接見たわけではないから、その効果は即死するものではない。魔眼の効果は風となり、そして大地に吹き荒ぶ。ゆえに大気が腐敗したのだ。そう！　新たなる者よ、決して患者の眼を見るでない。魂の意志は眼から眼を通じて伝染する。疫病は大気の腐敗と患者の眼から運ばれるのだ」

　若き修道士はこれ以上、その場に立ち尽くし続けることが困難であった。彼は片膝を

付いてしまった。老人はケルヌンノスのごとく威風堂々と地に腰を下ろした。「そうか、お前は既にバロールの魔眼の風を浴びた者であったか。ネヴァンが予兆しておられる。花を咲かせたヒースを見ることはない、確実に。今年の収穫祭[11]の参加など以ての外。神秘の記憶に収めよ。来世への旅の始まりが間近に控えている。エポナが迎えに来る」

３７

全地よ、主のために喜びの声を発せよ

　ウィルフリッドは彼の言葉に反応を示さなかった。構わず古代の祭司を自称する老人は続けた。「覚悟は良いか？ 十分な覚悟が必要なのだ。輪廻転生に備えよ。霊魂の転生。魂は新たな肉体へ。魂は現在の記憶と繋がり、その物語性を死によって振り落す。残った記憶の断片は、新たな肉体に宿るのだ。新たな肉体を纏った魂は、微かな物語を思い出す。文字を残す必要なし。この世界に全てがある。それらの記憶を見て、聞くのだ。我々が最も信頼するのは神木。神木は生命を大地に生成する媒介の役割を担っている。神性からの魂の現在を、神木に内有する大地の思惟と結合させ、その結び付いた魂を世に発露するのだ。神木の知恵は聖なる口伝。知恵を授かる者は、より良き来世へ転生するための準備を信者に施す。我々は皆、記憶の中の言語の旅人であるためだ」

　老人は、オークの松明を振り回した。「膨大な物語の記憶こそ奥義。この奥義は思標となる。その徴によれば、お前は理想を目指している。消えつつある生命を燃やして。ならば、大地母神アヌの導きを信じよ。大いなる女神の懐、それは真に緑、緑の悠々さ。大地は喜び、生命を育む。大地の喜びこそが生命なのだ」

　老人は残りのシャムロックを撒いた。「常若の国か？ 海神マナナン・マクリールの王国を目指すか？ そこは魔法の霧が部外者を阻止する神秘の島。王の招待を受けられよ。さすれば命ある者でも、その国へ足を踏み入れることができよう。トゥアハ・デ・ダナーンとなるには、お前は内に隠れた聖なる井戸を見出し、その聖水を浴びるのだ。そして最後にその聖水を飲むのだ。お前は渇くことはない。お前は大いなる変身を遂げる。だが同時に、お前は全てを失う。覚悟は良いか？ 勇敢であれ。オシーンのようになるでない。忘れるな、郷愁は最大の敵。神木に過去を要請するな。絶えず勇敢に前進せよ。決して留まるな。居心地の良さは既に過去。幻の霧である」

11　サウィン祭り

３８
お前たちは主の体であり、それぞれその一部分である

　奇妙な出会いから数時間後。ウィルフリッドは更に前進していたが、ここに来て道の真ん中で倒れてしまった。
　私は奈落に在る。聖霊の恩恵が届かぬ場。聖霊の光から隔たっている場。闇底に在る者。ああ、私のことだ。だが私は、奈落の底に在りながら、それでも主に怨嗟を抱くことなく、心から主に感謝している。

ウィルフリッド「感謝」

　そうだ、感謝！　先ず何よりも、私の宇宙に刻印された主の徴に感謝を！　私がどこにいようとも、世界の果て、夢の中にいようとも、いかなる惨状であれ、そして私が何ものであれ、今の私は現在に感謝している。主の計らいの結果に感謝している。凄惨な現在性の接受は、主とその子である兄弟たちへの感謝の念を喚起させる。ここに私が在ることを実感した。感謝する私だけは真に在る。それは確かなもの。それは疑いのないもの。
　感謝しようではないか。主において、我々は一部であることを。我々は主の体であることを。全ての邂逅に感謝を！

３９
恐れるな。語り続けよ。無言になるな。私はお前と共にいる

　現在が地獄であろうとも、私は全ての存在に心から感謝する。主よ、私はあなたの権威に服従し、あなたの一切の神慮を嘘偽りなく承認します。

ウィルフリッド「承認」

　そうだ、承認！　全存在・全現象の承認を！　例え来世の全域が地獄であろうとも、来世に存在する〈私〉は、今現在の私のように、その一切を承認しよう。神慮の内に在って、一体何を恐れることがあろう？　感謝と承認。永劫界の過酷な状況への感謝と承認。永遠と可滅なる一切の存在性への絶対的肯定。永遠と可滅なる流転動態への絶対的善意。
　私の信心は全存在に感謝し、承認した。共鳴と共存の願望の産物。私が判断する悪しき結果に対しても、私はその存在性を承認する。この受容覚悟は、自己超越するものに向けて自己解放する。精神を委ねよう。
　内なる神性の存在を把握し、それを認める。自己に存する僅かな神性を。自己に埋没された分有的真理性、神的分有を発掘せよ。

異言は人に向けて語るものではなく、主に向けて語るものである。
誰にも聞こえない。彼は聖霊をもって神秘を語っている

　主は大いなる創造の後、全て善し、とされた。神的承認である。私の承認は、その神現によって。御子の働きによって。観念に映る真理の漂現。神徴あるいは神性の刻印。不可視の恩恵の徴を辿る、私の志向によって。辛苦に対する忍耐は、神的刻印を浮き彫りにした。痛覚に動じず内奥から喚起される御子の知標を知った。断絶された外界への承認。魂の全肯定は、自然自体との断絶を修復しようと試みる。

　私は主に傾こう。私は主を喜ぼう。私は主を愛そう。愛とは客体の観念を内含した喜びである。喜びとは善き傾向性へ向上することである。

　憎悪とは客体の観念を内含した悲しみである。悲しみとは悪しき傾向性へ低下することである。善き傾向性とは、より大なる完全性を意味し、反対に、悪しき傾向性とは、より小なる完全性を意味する。

　全存在の承認によって、全存在が本性的に愛に育まれていることを確信した。善き傾向性は、より善き本性を向上させる。だが善き傾向性は、永久に探求し続けるものではない。探求には目的があるからだ。探求には終極、つまり終着地がなければならない。その終極こそ大いなる愛！ それは根源的愛。観念の宇宙において最も輝く光。観念に愛を発出する者。大宇宙はこの愛によって生きている。小宇宙はこの愛によって生きている。存在を統べる愛、愛を降り注がせる愛。愛の愛。愛そのもの。これぞ、愛自体！

　愛自体、それは根源的生命。根源的魂。この愛こそ、宇宙霊魂である！ 宇宙霊魂の現示性は普遍的である。その内で全ての魂は絶え間なく流れる。生命は一つに繋がる。愛自体・宇宙霊魂は、御父から生まれた光。あたかも太陽がもたらす光。

　この愛自体の正体とは聖霊である！ 愛そのものである聖霊の別の位格は御子である。御子は神言である。神言は永遠なる思惟である。御子は永遠なる思惟である。この思惟は全ての知性の根源。全ての知性を統括し、全てを思惟する王。御子の根源的理法において、自己愛による分有者たちに滴下させる。

　愛自体は永遠である。そして、それから放射される愛も同様に永遠である。決して消滅しない。根源的愛からの愛の分散、愛の放散によって生命は生まれる。聖霊が施す愛は被造物に分有する。この分有的愛は主を意識する自己観念によって、初めて根源的愛の片鱗を垣間見ることができる。隠れたる主は、愛を通じて観念の内に現れる。主は観念を通じて存在し、その創られた実像の一部を私に示してくれる。観念に存する主の像は、私の承認によって直結する機会を容認する。神的光の揺らめき。

　聖霊が統べるこの調和の世界。愛による統一。愛による誕生。宇宙の肉体には宇宙霊魂が宿る。分有された魂は有機体における生命的根源。精神は魂の知性的な部分。精神に浮かぶ波紋。主の現前性。そして、それを捉えるところの模写性。聖なる波紋は一つの小さな魂を震わせる。魂はその恩恵に感謝すると共に、それ自体に浸透する。感謝の観念は主の奥義を遠望する。隠れたる特性の輪郭が静かに浮かび上がる。だが、その姿の全貌を見

ることはできない。未だ朧げなものである。
　完全なる主を完全に捉えられない事実こそが、現示なのである。主の存在性は意識できるも、それを十全に理解することはできない。これぞ、霊性背反！
　主の強力な威光を、我々がその光によって滅びないように優しく示すところの恩恵。これぞ、神的遠慮！
　主の慎み深さに感謝を！ 主の歩みに感謝を！ 権威に服そう。なぜなら恐怖と絶望、苦痛と孤独の先に輝く者はこれ以上にない程、崇高な者であったからだ。例え全てが鮮明に見えなくても、それが最高善であることは分かるのだ。私は心から信じ、仕えよう。絶対的納得のゆえ、その不断なる絶対権威に服従するのだ。
　そもそも権威の服従には二つの種がある。一つは盲目的。もう一つは納得的。前者には盲従という性質が備わる。盲目的服従は無考えや浅慮によって、或るものの権威に媚びる。服従する対象の性質を見極めることなく、問い直すこともなく、盲従しいている状態。それを維持している状態。これは権威の対象の本性に応じたり、認めたりしているのではない。したがって、本性に背く、不健全な関係である。
　後者、すなわち納得的服従には承認の性質がある。この服従には前進性が備わっている。分有的創造性の思考を重ね続けるもの。肯定と否定の重層的循環。この重層環の再思の果てが、全存在の承認なのである。前進性、権威の服従から更なる先の見通しには主の導きがあるのだ。
　服従に在る自身の内なる円環運動。強く輝き、心の果てまで周回するもの、永久に止むことなく巡歴するもの、それは愛。愛の運動は更なる愛を随行させる。聖霊による愛の邂逅性。愛そのものによる愛の分与。愛の一部は愛に服従するのだ。愛自体を知り、その愛に即して生きることが信心なのだ。

４１

愛を身に着けなさい。それは完全なる絆である

　愛は若い修道士を呼び起こした。今一度獲得したその鍵を握りしめ、その達成感と共に脱出しなさい。今は奈落。ここは地の底。這い上がりなさい。常に愛は在れ。常に愛に在れ。常に愛で在れ。煉獄の清めの後、存在は新たな存在として転化するのだ。ウィルフリッドは再び歩き出す。彼は細く浅い川[12]を横切り、森の道を進んだ。
　大いなる変身。現在の再生。つまりは永遠化。主の特性を享受することで魂が最大限に活性化される。だが多くは、そのことを忘れている。思い出せ。そして取り戻せたなら、決して忘れるな。善き魂は主の下に帰る。帰るべき場所に帰ることは主の意図。しかしながら、今はまだ、その意図を十全に知ることはできない。善の子よ、その理由があるのだ。
　今はただ、これだけは知っておくがいい。愛は報酬を求めない純粋な肯定。愛の使用

---

[12] グウィースティン川

を誤るな。愛を偽りに向けるな。意志の使用を誤るな。意志を偽りに向けるな。偽りは滅びる。主への真なる愛。主への偽りの愛。偽りのそれは打算的。善行を苦とし、それを忍従した報酬、見返り、もしくは死後の罰の恐怖に駆られた動機の一切は我欲にすぎない。それは最も罪深き所業。主に対する我欲なのであるから。楽園にて永遠に生きようとする私心によって、または幸福を授けてもらうために、主を愛するのだから。

　永遠幸福を略取することなかれ。永遠幸福を荒らすことなかれ。最も卑劣、最も非道な行為とは、主に報酬の獲得を要請することである。知恵の光、お前自身の松明を灯せ。その火を絶やすな。知恵の松明を掲げてみよ。そうすれば少しだけ進んでいる道が明るくなる。では答えてみよ。報酬を求める願望は、真なる愛であろうか？　お前の魂は何と答えた？

　そうだ。それは偽りである。真なるものとは何ら見返りがなくとも、主を愛するのだ。この純粋な愛こそ、愛そのものに参与するのだ。そして、お前はこの愛の行為自体を愛するのである。見返りや報酬、安寧は、真の愛求に付随するものだ。真の愛は主の愛に参与するがゆえに、我欲を抑制する。真の愛はその愛の働きによって、完全にその愛の所有者を満たす。愛以外に何も必要がないのだ。

　今までは単なる恩賞の希望者にすぎなかった。救いを与えてもらうために主に縋る利己的願望を抱いていた。ところがその者は変わった。彼の知識は渇いたのだ。心の底から主を渇望したのである。彼は鍵を拾った。ごく僅かな者だけが発見できる宝を。初穂の勝者として。

　万有を承認し、主を真から愛する者へ。信心は承認を運び、その全てを包む愛によって完成を目指す。愛の信心。愛は愛を与える。主を思うがゆえに、私は希望の一つとなる。この思惟は世界の信頼へ誘う。自分を受け入れよう。その小さな承認は、やがて大きな承認に変わる。我々は存在そのものによって、存在すべくして存在するもの。世界には生命が満ち溢れている。

　主は無償に愛する者。主は無償に愛される者。主は無償に希望を与える者。主は無償に秩序を築く者。

　愛は秩序。秩序は善。善は自ら節制を課す。徳操である。歪な者は霊性を誤る。悪しき禁欲は他者への呪詛をもたらす。これでは主の下には行けない。主に近付くことは不可能。純粋な愛がなければ、そこへ到達できないことは知恵の光によって確信する。愛による純粋な行動。主への真愛、友愛、犠牲愛。

　善き他者、愛すべき他者のために私は祈る。私の愛すべき者、私の愛されるべき者よ、主の下へ昇れるよう私は心から祈る。我が身は奈落へ落ちようとも。我が身など二の次であれ。私は本心からそう願う。あなたの幸福は私の幸福。

42

主によって創造されたものは全て善いものであり、
感謝して受けるならば、何一つ廃棄するものはない

　愛自体によって分有された愛は独立したものではない。それ自体では自立できない分有的愛の本性は、永遠の範型によって創られる。偽りなき愛、純粋な愛は、愛そのものと合一し、聖霊の一部と化す。
　同じことだが、授けられた生命すなわち拡散された部分的魂は、魂の源である宇宙霊魂へ帰還する。分有された魂は魂の巣に舞戻り、一つの魂となり、再び飛び立って行く。
　愛そのものは宇宙霊魂。生命の肯定的魂。肯定性の根源。個的生命はその状態を保ちつつ、根源的生命を観ている。一つの魂で在りながら、源の魂に焦がれている、または思慕している。私は生きながら、宇宙霊魂の片鱗に参与する。〈私は私として在る〉ところの私のまま、私は宇宙霊魂に統一される。
　配合された展望は悪を受容する。愛の世界の溝に欠如があること、滅びがあることを。善の内なる悪は、善にとって必要な素材である。なぜなら、善には不動の本性のものだけではないからだ。それには過程性あるいは前進性を本性とするものもある。波を打つような減退性・上昇性の連続。善の内なる生命の起伏である。善の前進性は生命の振動。無数に産出された生命は、愛の表面に己の存在性を滴す。一滴が波紋となって輪状に拡張する。別の波紋も、これと同様である。そして互いの波紋が重なり、合一し、時には反発する。その後、模様は崩れる。このような無数の波紋動態は、新たな波紋との邂逅を生じさせる。
　生が集うことの痕跡。善の内なる生命の起伏は、絶えず活動し、その内で生命は、無数の波紋を浮かび上がらせる。分有された事態を辿れ。連結された事態の全貌を己の軸において見通せ。万有は愛自体に分有されているからこそ、生命の連鎖を保有しているのだ。その事実を見よ。宇宙霊魂の固有の力能によって飛散された一端としての魂、つまり要素的魂の存在性は愛の特恵であるため、愛自体の内なる万有には、無駄なもの、無用なもの、無価値なものが一切ない。全ての魂は、魂の根源によって要素的に必要とされ、そして愛されているのだ。

43

主は生かすために万物をお創りになられた。万有は意義がある

　愛自体による愛の前進的活動。愛自体による愛の生命的活動。善の内なる生命の起伏によって、滅びが生じる。
　ところで、〈御父・御子・聖霊〉からなる三位一体は、唯一無二である。三位一体なる聖なる関係性は一なる実体。聖霊以外に別の聖霊は存在しないのと同様、この聖霊界と全く同じ別の聖霊界が存在することはない。聖霊の世界は一つ。宇宙霊魂の外には、その外

の世界としての地獄・奈落は存在しない。地獄、同じことだが奈落は、能産的自然である主の特性に直接的に内有しているものではない。それは所産的自然の内なる空洞である。

つまり地獄とは、全創造物に内有する負の空洞の〈局・相・場〉のことである。負の空洞には、善の要素である善的内容もしくは善的実質は存在しない。そのため、地獄からいかなる善も生起することはない。地獄に、或る善性を投入すれば、その善性は直ちに〈欠如・減退・可滅〉の起因となる。地獄は善が空洞化したものであるため、善は決して実らない。

また、地獄は負の空洞であるがゆえ、それは悲しみや憎悪の現れでもある。例えば地獄は、人に関することに限定すれば、至福者からの遠い場や離隔している活動に生じたり、人の不安や恐怖、孤独感、絶望感などを増幅させたり、有機性の可滅を生じさせたりする。この意味からすれば地獄とは正に、奈落の底、絶望の淵である。地獄は遡行する。地獄は善から引き離す。地獄は永遠的死である。そこに留まる者は主に近付くことはできない。永遠に主から距離を置かれる。

地獄とは昔話のような亡者が集い、永遠の攻苦を味わう場所ではない。主からの離隔。愛する主から離れることは、いかなる災いも太刀打ちできないほど恐ろしい。ああ、私は主からの遠退きを最も恐れる。だが怖がるな。心配するな。地獄に落ちたら這い上がれば良いだけ。そこから直ぐに脱出すれば良いだけ。主は這い上がる意志ある者を助けて下さる。主は愛の子の救済者。いつでも真愛によって援助する者だから。

空洞あるいは地獄を内有する宇宙。愛を軸にして、遠隔と最近を内包する宇宙。霊魂の身体すなわち霊魂の宇宙は、生成過程を繰り返す。誕生してはやがて縮小し、その一期を終える。大いなる愛の鼓動。一時代の終焉は新世紀を鼓動させるのだ。永遠・無限に繰り返される大いなる創造。それは終わりなく再現され続ける。愛からの離隔は、永劫に繰り返される可滅的生命運動を契機する。絶えず愛に近接せよ。

されど、この道は困難を極める。悪は弱者である。ゆえに、悪は他の弱者の弱き部分を狙ってくる。汝、自身の弱点を知れ。弱さの保持は罪である。

人の罪。それを創りし者は人。罪を背負い続けるのも人。そのように、主が望んだからだ。罰は悪。罰は欠如したもの。罰は滅びること。万古の罰は万世に延びる。生と死なる生命の振動の一波。善の内なる動態の一つ。生命を有する者はその内に罪を抱きながら、それでも正面から罪と向き合うことができる不滅の愛を内包している。

４４

主の国はお前たちの中にある

悪すなわち欠如の道を歩み続ければ、恒久的に、主の存在から間接的な場に在り続けるだろう。愛からの離隔。離れ行く流れに身を委ねるなら、主の恩恵に与ることはない。

お前は疑問に思うだろう。愛自体あるいは主への近接とは、どの程度のものなのか、と。絶対者・根源者の特性にどの程度参与すれば、天界に誘われるのか、と。それは分をわきまえず神慮に立とうとする考え。神慮を、主以外に誰が理解できよう？塵芥の分際が主

と同格だとでも？ 我々に永遠的仕訳の力は有されていない。
　天界は、主の聖場。主の永遠領域。主の身近な相。正の充溢なる場。豊富な善の局。終極における永遠の安息。
　ところで、聖霊は一の存在であり、聖霊の世界は一である。聖霊が在ると同時に御父は存在し、同時に御子は存在する。御父・御子・聖霊は、我々とは異なった別の場所に住んでいるのではない。主は特別な次元の世界に隠遁しているわけではない。主は愛自体であるから。主が愛自体であるかぎり、我々は主の内に在る。被造物は主の本質に在る。
　そして、我々が存在する愛自体の内に天界は在る。繰り返す。天界は愛の内に在るのだ。天界は宇宙霊魂の観念に在る。主の内に全ては在る。ゆえに、我々の内にも天界は在る。
　天界は、愛の内のどの場所にある？ これほど愚かな問いはない。主の場は限定される場所ではないからだ。我々が用いる尺度でそれを計ることは不可能。主を求める信心と知識からの感謝、承認、そして愛によって主に寄り添う以外、聖なる場を知り得る方法はない。
　今はまだそこは遥かなる場。私は霊性背反の直中に在る。代わりに、理想の中継地が見えてきた。まずはそこへ進み、それを体験しよう。永遠と可滅の間隔、永遠と可滅が織りなす内で、小さな愛が前進することによって生じる出来事を。

４５

あなたは全てのものたちを愛し、あなたがお創りになられたものを何一つ嫌われない。憎んでおられるなら、お創りになられなかったはず

　ウィルフリッドは確認した、前方に集落があることを。ミルの集落。その中央通りを進んでいるが、人っ子一人見掛けない。彼は構わず進んだ。キルコルマン修道院に向けて力なく歩いている独りの修道士を、一匹の狐が見ていた。
　中央通りを越えて更に進むと、目的の修道院が見えてきた。放心状態のウィルフリッド。彼は受け継いだ神託を完成させなければならない。神託を成し遂げるには海へ出なければならず、それには丈夫な皮舟が必要であった。ここにキリアンという名の修道士がいるはず。常若の国へ輸送してくれる皮舟は彼が管理している。彼と共に海へ出るのだ。新たな兄弟と共に、常若の国を探すことになる。
　キルコルマン修道院に到着。ところがここも、人の気配はなかった。荒らされた形跡がある。ウィルフリッドは、修道院の入口の迫持の左壁に老婆が腰掛けていることにようやく気付いた。だがよく見れば、老婆は既に死んでいた。彼女は両手で何かを抱いている。また、彼女の腹から子宮にかけて裂けていた。傷口から内臓が飛び出している。足下には血染めの小刀が捨てられていた。ここで割腹したというのか。一体なぜ？ 老婆は胎児の形をした石像を抱いていた。いや、それは石像ではなかった。顔無の石胎。石灰化した胎児だった。
　ウィルフリッドは早々に祈りを終え、迫持を潜って聖堂へ進んだ。やはり誰もいない。殺風景な聖堂の中央の床には無数の血痕が付着していた。その奥の祭壇には何かの塊が大

量に積重ねられている。それらは死体であった！ 全て小さい。ウィルフリッドは思わず悲鳴を上げた。死体は全て奇形児であったからだ。中には、胎児の死体もある。

　鼻と口がない単眼者。頭部だけ異常に巨大な者。両目部分が陥没して眼球がない者。両眼球が飛び出している者。額に巨大な眼がある者。非常に膨れ上がった腹を持つ者。腹部に別の顔を持つ者。双頭を持つ者。既に頭部がなかった者。頭部の左半分がない者。三本足を持つ者。五本の男根を持つ者。肢体が全てない者。肢体の全てが著しく小さい者。右手がなく、その部分が右足になっている者。顔面に左手が生えている者。両手に指はないが、両足はそれぞれ七本の指がある者。溶けて再び固まったような分厚い皮膚を全身に持つ者。顔に巨大な二つの瘤が垂れ下がっている者。頭部に別の頭部が付着している者。口から内臓が出ている者。胴体が繋がった双者。

　奇形児の死体には背後から短刀で刺されているものがいた。これは人身供養だ！ 奇形児の人身供養。母親の身代わりに瘴気を吸った胎児の弔い。そして、大いなる死を静めるための生贄なのだ。兄弟たちの仕業ではない。では一体誰が？

　兄弟たちはどこだ？ キリアンはいない。彼はどこにいるのだろうか？ ウィルフリッドはこの場を去ろうと思ったその時、幻聴が彼を襲った。おぞましい声。数人の声が一つになったような。悪霊である。悪霊は咆哮する。誰がこの者を派遣したのだ。奇形児たちか？ いや違う。私なのだ。内なる欠如がこの者を派遣したのだ。悪疫の伝言者よ、立ち去れ。病の狂気は私の心を侵す。

　悪霊は同時に叫喚した。「戻れ！ 戻って人々を癒せ！ 人々を助けよ！ 汝の内なる希望と愛は、その証言を要請しているはず！ それに忠実であれ！」

　ウィルフリッドは幻聴と苦痛に耐えながら、修道院近くの川岸[13]へ向けて、持てる力を振り絞って駆け足で進む。乱れた呼吸、力の抜けた両足。折れた右手小指による鈍痛。悪魔の烙印のような腫瘍から生じる鋭痛。放心の意識は僅かに川を確認した。そこには小さな係船場があった。だが一隻の皮舟もなかった。理想は絶たれたのだ。

４６

極め尽くした時、彼らは始まったばかりである。
中断した時、彼らは途方に暮れる

　ここが私の終着地なのか？ ここで私の命は終わるのか？ 若き修道士は途方に暮れていた。だが、理想は完全には消えない。そこに続く道も。

　思い出せ。部分的な認識は誤りだ。その認識は己を蝕む。理想は絶たれたと判断するのは、お前の表象。お前の臆見。実世界のそれではない。だから途方に暮れるな。お前の最果ては私が決める。

　肥沃な大地となるには様々な条件があろう。我々にとっては心地よい太陽の光でも、

13　メイン川

それだけでは豊かな実りある大地にはならない。落葉、落枝、動物や昆虫の死骸、風、雨など様々な条件が必要なのだ。我々は、なかなか止まぬ雨を陰鬱なものと表象したり、大きな蚯蚓を不気味なものと表象したりする。肥沃な大地に着目するなら、こうした不快なものたちの存在を認知しながらも、それでもそうしたものたちが肥沃な大地を作り上げていることを理解せねばならない。世界の部分、世界の悪性だけを捉えるのもこれに近い。

47

私は、今は喜んでいる

　ウィルフリッドがいる周辺の森は、風を浴びて自己の生命を主張していた。一枚の葉は別の葉々によって、自己の存在を風によって示す。一枚の葉は全体の葉によって、自己の存在を奏でるのだ。全体を遠望せよ。
　集合的生命という豊かな大地は、やはり様々な関係によって、様々な要因によって、育まれる。生命は愛の内によって形作られ、様々な関係と要因によって拡張される。生命は内在力。それは維持と連結を使命とする。拡張される一つの生命は、他の生命と協力する。自己維持のために連結を企画し、実行する。この結合運動は無限に繰返される。
　我々は全体の部分を観るならば、全体を意識しなければならないし、全体を観るならば、全体の部分を意識しなければならない。一部の欠如が在ったとしても、それは全体としては完全なのである。それぞれの関係性は複雑で深く、そして完全なのだ。世界もしくは生命に破損した個所や不具合があるのではない。
　大いなる復活には善だけが残される。全ては完全である。より完全性に移行するこの魂の本性は、私の確信によって存在する。私は喜ぶ。今は喜んでいる。

48

心を尽くし、魂を尽くし、知力を尽くし、お前の主を愛しなさい

　ウィルフリッドは川に沿って歩いている。ぼんやりとした意識であったが、自分自身の行為に絶望していないこと、更に、内なる生命の灯が濃い悪霧によって消えようとしていることを自覚していた。しかし今在るのは苦痛、疲労。眼が霞んできた。視界が消えようとしている。ああ、万有と私が乖離されている。いや、私が消えようとしているのだ。もはや私には何も残っていない。
　「いや、在る」。その声はウィルフリッドの足を止めた。先ほどの悪霊ではなかったからだ。ああ、確かに在る。そう。精神の眼があるではないか。精神の眼は自己の内なる預言者。それは愛の産物。永遠者の下へ誘う者。
　ところが直ぐに、内なる悪霊たちが邪魔をした。「未熟者。何と利己的な行動よ。理想

に逃げ、現実を避ける。苦しむ人々と共に生きず、彼らを癒さぬ始末。神罰が下されよう。今直ぐ戻れ、まだ間に合おうぞ。この惨事は主の裁きである。人々を助け、主に赦しを請うのだ。友愛に生きよ。お前は罪を背負って再びこの世に生を受け、虚無の生を送るだろう。生成の転生を避けよ。この世は闇。永遠に進入せよ。そのために自身を友愛に満たすのだ。兄弟への愛に乏しいことを知るのだ。隣人愛を欠乏した利己的な兄弟よ。皆を愛しながら終わりを受け入れよ。キリスト者として相応しくない行為に在る者よ」

　ウィルフリッド「私はこの死の誘いを喜んで受け入れている。自分の立場に相応しくあるために、面目を保つために、感謝・承認しているのではない。何の見返りも期待せず、私は全てに感謝し、全てを承認している。この境地に在って死を迎え入れよう。悪霊よ、立ち去れ。私は私の務めを果たす。私は私の愛を放出する。私が受け取った愛の固有性を返還するために。一つの愛、一つの個性は、本来の持ち主へ」

　悪霊はいった。「ではそうするが良い。しかし覚えておけ。それでは脱魂の境地に達せないことを」
　到達することを望むも、到達できないことは自身が知っている。主の存在性を漠然と意識するも、十全に現示されないもどかしさ。ああ、霊性背反。
　さあ、愛を心に浸透させ、そして授かったその愛を発散せよ。愛は滅びない。それどころか、よりいっそう増大するのだ。自己意識を全て愛に変えよ。我僞は愛を奪うもの。全てを愛に塗り替えよ。全てを愛に染めよ。

４９

完全なるものが来たなら、不完全なるものは消滅するであろう

　欠如は愛を断続させる。近き死への強い焦り。疑心と憎悪がもたらす快楽。背徳感が再び浮上してくる。外界との完全なる断絶、孤独感の到来。
　観念の再訪を！　ウィルフリッドは主の宿りを想起する。内なる霊の初穂、全ての不遇、悲劇を肯定し、万物を承認する。生命は内なる宇宙との関係を絶って脱することは不可能。生命は内在力であるから。内在力は自己の有性期限の限界まで、自己の個性を維持し続ける。個性は制限である。観念に留まる力能としての維持的媒介が必須となる。自己意識が自らを保持し続けるのは限局性・特定性によるもの。宇宙の外の一端として在ることの現れ。人はこのような限定性の宿命に在る。だが、自己観念の宇宙の外である自然自体を直接に認識することは不可能ではなかった。
　神徴。自然自体の本質を構成する主の存在性の刻印は、無制限であり、かつ自由に残されている。それは、自然自体と観念的自然の間を無極・無限に往来するものである。
　神現。それは我々の観念を通じる必要もなく直覚される主の痕跡、すなわち神徴。
　直覚あるいは観想は、第一原因並びにそれによって生起する一切の本質を、推論や比

較なしに直接かつ瞬時に把握する認識能力。この認識には至福の働きが付属する。ゆえに、至福直観ともいわれる。主の存在性のごく僅かな把握であっても、この至福は人にとっては最高の働きである。

　だが、なぜゆえ主は、自らの存在性の全てを露わになさらないのか？　主は既に全てを露呈されているのだ。だが我々にとって、主の存在性の威光はあまりにも強力なもの。万有の力を圧倒的に凌駕した力。我々が限定なく主の存在性を直視しようものなら、我々の宇宙は一瞬にして消滅するであろう。本来的には、主は自己の全存在を露呈している。我々は自己の内在力の維持的媒介によって、主の存在性の一端を観るだけに留まっている。この媒介は主の恵みである。ああ、神的遠慮。主の慎み深さ。主の存在性をごく僅かに把握させる働きは主の神慮の一つ。我々の小宇宙が消散することを防いでいるのは主の恩恵。自己の限定性なる実装を悲観することなく、むしろそれが内有されていることを喜ぶべき。

　いずれにせよ、我々にとっては神性の徴の部分しか知り得ないのだ。自己精神の内に神徴は存続し続けるもの。それを内有するがゆえに、私の精神はそれと共に存在し続ける。万物を承認するのだ。実有の芽は小宇宙に植え付けられている。神性の芽を出すには何が必要か？　主の賜物を探し出すための聖なる知識である。

　恩恵の秘蔵。神性の徴を探すことは人で在ることの証。主の勧誘なる恩恵に恵まれたならば、その者は幸福である。幸福者は、過去を放棄するのだから。

５０

筆舌に尽くし難い贈物に対して、主に感謝する

　満ち溢れ、彼方へ流れ行く生命は、愛によって普遍化される。普遍概念に携わる生命の志向は、その愛の姿に似せて変化する。生命は新たな可能性を生起する。生命による未来は愛の結び付き。個と個の繋ぎ。互いが互いを個として受容する。

　純然たる愛の承認は普遍的邂逅。それは、万物流転の中での自己定位を特定させ、流転的背景を望観させる。それによって、万有において、全く同じ個物が存在し得ないことを知る。これぞ、万有差別性！　万有の一端はそれが一端であるかぎり、差別化されている。永遠なる万物流転の中、個物には同じ物が一つとしてないのだ！　この差別性によって主は証明される。愛の内なる有機体、すなわち有限様態には全くの同一性が生じないのだ。

　差別性または非同一性。例えば、人や植物、木などのように、それぞれを類的に区別することはできても、それぞれの主体における同一性は排除される。

　このことに加えて、双子などのような主体の類似性を見出すことができても、両者は似ているというだけで、決して同一ではない。

　更に、タロスのごとき人造者を製造する錬金術。その学術にて、寸分違わぬ模写技術が存在し、そのような技巧によって或る人物と全く同じ精神・身体の複製者を造ったとしても、両者すなわち複製された本人と複製者は全く異なる人格であり、また、異なる存在性である。同一人物ではないのだ。

有限様態は全て異なっている。生成過程の長き歴史の中、有限様態は主体において、同一のものが一度として存在しないのだ！　過去・現在・未来、同じものが一つとして存在しないのだ！　これが偶然といえるだろうか！？　全く同じ物が一度として存在しないのだぞ！　完全な創作者！　完璧な創作物！　世界の緻密な構造と仕組み、主の奥深き思惟の成せる御業といえないだろうか？　主の存在性はここにも示されるのだ。おお、非同一性の神秘！　おお、差別性の神秘！　主は差別を重んじる。私は主の差別なる贈物に感謝する。

　宇宙の同一性は差別性によって構成される。一即全。個別は全体である。統一は多様に在り、個物は神性を分有しつつ全体に属し、個物その独自の傾向に即して働く。個物の観念は宇宙であるなら、この世界には無数の宇宙が存在する。宇宙は、個物の魂によって維持される。個物の魂は聖霊に還元される。

５１

いかなる時も主に感謝する。私の口は絶えることなく賛美する

　紆余曲折した観念の遍路が終わりを迎えようとしている。これこそが主の意志。私の務めの一つは、全自然を承認し、埋め隠された散開的真理を探し求めること、自然自体に分散した神的断片を収集することであった。自然自体の神性の徴を把握し、その敬愛によって連結させるのだ。愛を伴った観念は、その外の自然自体に参与するために経過する。

　自然自体から浮上した無数の愛が見えるだろう？　無数の愛の片鱗が剥き出しとなっているのが。星々のように闇の中で輝いているはず。観念の輝きは自己の軸を中心にして、主によって創造された摂理とその現象を転回させる。その愛の周回運動は、聖霊の広大無限なる奥の院に安置された或るものを呼び起こす。御子の存在性である。

　御子の存在性によって、私は自身の奥の院から想起する。〈私は在る〉ことの徴が押されていることを。全被造物に埋め込まれている神徴・神言。隠れたる主の呼掛けは、私の内に意志が在ることを証明する。主の勧誘あらば、直ちに応答せよ。御子は人の苦しみや悲しみを実際に知っておられる。私の親しき御方は悪を知っている。渇くことも知っている。自らを犠牲にしたのだ。なぜ犠牲にしたか？　人類のために解放の道を照らすため、そして永遠の場が実在することを印すためである。

　苦痛や悲しみ、恐怖、虚無を慰めるのは神的思慕、つまり主を想い、その身近で偉大なる者のために祈念することである。祈りによって、内なる魂の宇宙では星々のように神徴が輝き始める。御子、神言の照らしは我々を渇かせる。

　渇く。御子の半人性が滅び迫る時、御子の内なる宇宙に御父の神慮によって可滅性なる枷の鍵を授けた。御父による聖霊力が強まる。死滅する者の渇きは、よりいっそう強まる。死が不死を待望するからだ。御子の半人性すなわち生命が尽きた時、滞留の聖任を果たし、その神性は解放された。私は内なる宇宙に解放された御子を観る。あの御方は私と二人だけの場で、神言を発出して下さる。今は〈我と汝〉の世界。私の小宇宙に神言は在る。それは私の魂と共に永遠に。私はそのことを心から感謝する。

世界は主の似姿である人に管理させた。支配ではない。借り物を大切に管理するよう、主は人に命じたのだ。古の記憶を呼び起せ。生命を尊び、主を尊ぶために。

神的理性(ロゴス)の産物である人は、主の似姿でもある。人は自己を超越する力を有する。この自己超越的傾向性によって、人は超越した者に向かって歩む。

無償で主を愛せ。無償で万有を愛せ。真愛(アガペー)。主の最高活動を模倣せよ。主に倣え。真愛、これを知ってこれを超える希望はない。これを超える愛はない。私はそれを知った。

それでも依然として、私は未熟者。しかし、私は純粋に祈る。天へ昇るため、来世の待遇のため等と、利己的な思惑に駆られることはない。この心に壮大な愛が少しでも宿るなら、私のその部分は不死性に牽引されるだろう。他方、欠如性は主を避ける。主からの離隔によって再び永劫の有機界へ戻るのだ。死への焦りを自らの愛によって消滅させ、今や余暇を得た魂よ。主からの離隔から離隔している。

５２

主は予定された者たちを呼び寄せ、呼び寄せられた者たちを義とし、義とされた者たちに栄光を与えた

ウィルフリッドはひたすら歩いた。やがて、海辺[14]が見えてきた。常若の国は、この海の向こうだ。さあ、新たな局面へ。よろめきながらも海を目指すウィルフリッド。

だが彼は躓いてしまった。彼が倒れた真下に岩がある。そこに彼の頭部は叩き付けられた。鈍い痛みが頭部に走る。頭部からの夥しい出血。疫病の痛みより頭部への痛みが勝ってきた。次には激しい寒さの到来。消え掛かる意識。善に染まれ。悪を消去せよ。

今一度、試みよ、振り返りを。人は知識の鍵によって、全てを承認し、愛との合一の機会を闇の中から探知する。人は皆、主の事由性要求最高機具が併せられるのだ。人は皆、知識の鍵を獲得することができる。その鍵によって主の探求の門は開かれる。だが、門の先の真理に導かれる者はごく一部。

神現に疎遠な者にも、生命の意義はある。これもまた大いなる有意性が。愛自体の世界は理法である。完全秩序である。絶対的均衡である。それぞれの差別性はそれぞれの理法・秩序・均衡の礎なのである。それぞれがそれぞれの生的意義を有するのだ。それぞれの生には計り知れない大いなる意図を内有している。

神慮の下、万物は善を宿す。分有された善。魂の内なる善的存在性は、最高完全性の存在を証拠付ける。万物は究極目的を内有する。射手が的に向けて矢を放つように、目的に向かう意図を秩序付ける者がいなくてはならない。主のことである。

14　北大西洋

53

主が全てだ。この言葉に尽きる

　既に周囲は闇に閉ざされていた。静寂が包みこむ。ウィルフリッドは再び起き上がった。既に寒さは感じなくなっていた。ただ軍団(レギオン)の進軍のごとき痛覚が迸る。打ち割られた頭部の痛み、折れた小指の痛み、疫病による痛み、そして、万事を承認してはいるが、それでもここが終極であるという事実に対する心の痛み。

　朦朧とする意識、これはウィルフリッドにとって主の恵みであった。永遠の現世において、一筋の希望の慈悲が放たれる。慈悲は道である。その希望の道を進み、永遠へ歩め。唯一の道を。主が全てである。愛ゆえに祈るのだ。救いを求めるためではない。主は全てを司る知者である。主は欺かない。

　しかし依然として、私の悪は潜み続ける。私の罪は最後まで私を落し込む。主に対する無知、真理に対する盲目。そして、憎悪、恐怖、苦痛は悪魔となって荒れ狂う。悪魔は放棄と虚無的な死を欲する。油断するな。絶えず前進せよ。

　私の真理の熱望、渇仰は満たされることはない。知恵から発する真理愛。普遍に与えられた主への信心なる傾向性。それを駆使して主を愛求する。これが強ければ強いほど、それだけ愛は高揚する。自己の僅かな内在神性あるいは分有的真理性は神言を求める。真理を分有する探究性の動因は、神的確信である。この愛求的作用因によって、概念と概念の間隔に生じる神的抽象漂を頼りに信頼を向上させる。油断するな。絶えず前進せよ。

54

私は十分な報酬を受けており、満ち足りている

　私は、今は納得している。満足している。私は、私の人生の末期には自らの本性に即して進むことができた。輝く真直ぐな道を、少しだけ歩くことができた。一時であれ、余暇を持つことができた。幸福であった。探求こそが幸福。

　ウィルフリッド「存在そのものによって、存在すべくして存在したことを承認し、この思いを抱きつつ、私の生はここで終わるのだ」

　一人でも多くの人々が天に誘われるよう、私は最後まで祈る。汚れし私は、再びこの滅びの世へ戻ることであろう。再び主を愛し、主のために生きれば善いのだ。主への渇愛は、私の永遠の伴侶。正しい方角を向く意志は、次の段階に到達させることが役目。知性だけでは捉えることが不可能な超越的存在に寄り添うこと。精神の眼による志向は、御子の招き。永遠性に参与するための直接的な契機。主との見合わせ。主に選ばれることによって、内有する志向性はその役目を終える。

全ての被造物に栄光あれ。見合せの発端が豊作となるよう心から祈る。謙虚で在り続けよ。永遠性は万物に基づくあらゆる概念に当て嵌めることはできないのだから。存在を与えられた存在者つまり所産的自然の一員が、存在を与えた存在者つまり能産的自然である主の懐の全貌を剥ぎ取ることなどできようものか。
　愛によって私は理解する。私の絶対的主観に主は在る、と。私の宇宙に主は在る、と。ささやかな行為、塵芥のごとき心は全てあなたの為に。主は愛の育成が重要であることを私に示す。人の愛は育むもの。人の愛は育まれるもの。主の愛のごとく成長・独立していない。分有的愛は根源的愛の助力によって成長する。その愛の終極は、愛の完全性。愛は愛によって愛される。愛の先に目標がある。真愛によって開かれる真理の断片。

５５

お前は私の顔を観ることはできない。誰も私を観て生きている者はいないのだ

　闇夜に響く波の音。海が微かに見えた。それは現示であった。なぜなら、海の浅瀬は広い範囲で青色に発光していたのだ。波打てば、その青は激しく光る。ウィルフリッドは最後の力を振り絞り、青く発光する神秘の海に足を入れた。海中の砂が青い光と共に巻き上がる。散開するこの砂は抽象漂。砂を両手で掬ってみる。掌にある無数の砂は概念。
　概念に灯る一つの命の遍歴。その最終極面。足跡の再思を！　知識の門の先で待ち受ける一つの真理。未熟な魂がそれを直視すれば、過酷なものとなろう。だがそれは真理である。受け入れよ。それすらも承認せよ。

　ウィルフリッド「主よ、これ以上は無理です。あまりにも清いのです。私のみでは善の完成に至ることはできません。この弱き者に光をお照らしください。憐れみください。私を見て下さい」

　鏡を通じた対面。それを欲するなら精神の頂上に立て。聖なる頂上は、あまりにも澄み切っており、長く滞在できない。だが戸惑うな。永遠なる場の見通しは知恵から生じたものである。知恵は確信である。知恵は手応えである。知恵は信心の試みを阻害するどころか、むしろそれを促進する。だから恐れるな。そして迷うな。お前は死ぬのだから。
　再生への逃避行。それは悪からの逃避行。死すら捧げよ。喜びと共に、最善を尽くす。命の完全燃焼。己の全存在を噴出させるのだ。命が開花する。命の放出は愛を誕生させる。
　消えゆく命。聖性と不動心によって、主に相応しい者と成るために愛を育む。いかなる在有にも制限されない超越的存在への肯定性、積極性、究極的承認によって、隠れたる主は喜びと共に現れる。

５６

常に喜びなさい。絶えず祈りなさい。万事を感謝しなさい

　愛への祈り。私は愛の子である。私の全てを奪い取って下さい。愛よ、魂も残さず全てを奪い去って下さい。
　賛美と愛からなる沈黙を捧げよう。至上の喜びによる沈黙を。主において喜ぼう。喜びは善き傾向性へ向上すること。私は理性の限界を知った。私は理性の限界を喜ぶ。理性を超える主。その存在性の徴を喜ぼう。
　喜びは与えられたもの。喜びに在る者は主を観る。それは最高の働きに導かれる。人の現世における至福は、主の像を直視すること。断言する。主の像を直視したなら、それ以上の究極的価値を他に見出すことはできない。断言する。人にとって、生命の究極的活動とは主の像を直観することだ。
　鉄は鉄によって鍛えられる。鍛え終えた鉄は、捨てなければならない。途上に在る旅人には荷物であるからだ。光の梯子によって大いなる光へ昇ったのなら、昇ってきた梯子は捨てなければならない。もはや、下りる必要がないからだ。
　さあ、心の清貧さを喜べ。全てを捨てよ、満たされたなら。主への参与によって、心が満たされたなら、もはや何も必要ない。新たに何かを求める必要がない。求めたものは獲得され、同化した。心には何もない。軽快であれ。生命の躍動は、小宇宙の全域を永遠化するのだ。万事に感謝しよう。

ウィルフリッド「万有よ。浅瀬の底に散らばった真理の断片を発見されんことを」

　死の手がウィルフリッドに触れようとしている。主の一息の世界。主の永遠性に全てが帰還していることを意識する。

５７

ここまでは来てもよいが、それ以上は駄目だ。お前の尊大な波はここで防がれる

　青く輝く海に漂うウィルフリッド。愛の火花によって、魂は質料を透かして神的像を見通す。
　小宇宙の人格は、主である大宇宙を映す鏡となる。鏡を通じて主を観る。世界とその根源である愛を否定する志向は可滅である。不死なる志向は、〈見る・見られる〉を克服し、〈顔と顔を合わせて見る〉ことを希求する。神的謁見は、御子の内に参与し、その内で御父を観る関係である。知と愛の完成には、主の恩恵が必要不可欠。ならば、主に選ばれよ。
　ウィルフリッドは忘我を超えたもの、すなわち脱魂に至れなかったことを受け止めた。喜びを感じながら。彼は、濁った鏡を観ることに専心する。満足しながら。

人は自己の神的似像の働きにおいて、主の存在性の一端を観取する。自己の内なる範囲を超えた神秘性の全貌を把握することは不可能。依然、神秘は神秘のまま。されど、それが善いのだ。神秘は神秘のままであるからこそ、人は真なる意味で現在を想起するのだ。
　愛は自己愛に神秘の余地を残す。愛に心が傾いた者は、神秘が神秘のままであることを承認するであろう。不知の神秘の存在性は、我々に善性として現示し、そして人の類似性を通じて生命の義務を促すのだ。我々は自己の生命を越えて神秘へ進まねばならない。やがて神秘に在り、そして神秘になるのだから。

５８

お前たちが私を選んだのではなく、私がお前たちを選んだのだ

　私は神言あるいは御子に参与する。己を御子の前に曝け出せ。隠すべからず。全てを捧げよ。御子は御子の完全性によって、全てを与える。その存在は、存在の本源であるから。もはや迷うことはあるまい。主の一部となるのだ、精神の眼によって。
　未熟者よ、だがお前は、心から主を愛している。お前は選ばれたのだ。知識の鍵を獲得し、感謝、承認、喜びを携えた者よ、さあ、愛の懐へ。さあ、終極による神秘の交わりを。

ウィルフリッド「私の魂、それは真に塵芥であった！」

　愛自体による愛の動態。愛の内に万物は、それぞれ固有の働きを成す。生と死の循環運動は絶え間なく続く。永遠に作動する善の内なる生命の起伏として。
　全は一。善は一。完全に定められた永遠性と可滅性の織り成す大宇宙。一なる聖霊よ、完全な愛の働きよ。
　探求の終極へ、私は誘われようとしている。私が探求したのではなく、主が私に探求させたのだ！　主を愛する意志は、主自身によって生起する。魂は帰還する。さあ、愛を返還しよう。
　死が寂静に近付く。薄れた意識は辛苦、恐怖、孤独を抹消させる。静かに命の炎が消えようとした。そして、死が触れた。死と合一した観念は、万有を淡くさせる。私を含めた万有は穏やかであった。死とは寂静なもの。
　ああ、これは主が引起こしたものなのだ。愛による死。ああ、私の全てを奪い去る。これこそが脱魂なのだ。真の潤いは近い。真の安息は近い。
　ウィルフリッドは愛と共に海の中へ消えて行った。

お前自身の井戸から水を飲み、お前自身の泉から水が流れよ

　愛は俯瞰する。愛の内なる消散。可滅性から流れ出るものは、本性の旅を終えて可滅性に帰る。可滅性は永遠自体に一新される。永続する創造性によって。無限の始動性によって。魂の更新性。

　愛は直視する。愛の内なる継承。永遠性から流れ出るものは、本性の旅を終えて永遠性に帰る。永遠性は永遠自体に浸透する。永続する創造性によって。無限の始動性によって。魂の再現性。

　永遠なる思惟の知標。永遠なる思惟の下、我々は全て放棄しなければならない。そして、主の衣を剥ぎ取るのだ。〈全知〉、〈全能〉、〈永遠〉、〈無限〉、〈完全〉、〈最高〉、〈絶対〉、〈実有〉、〈単純〉、〈一〉など。これら主の全ての特性を脱衣せよ。特性は徴の柱。主に近付けば、主の特性を把握する必要はない。見通す必要がないからだ。遠隔結果から脱却した者は、外郭を遠望する必要がないのだ。精神の眼は、最も近き〈私〉を捉えるのみ。

　愛自体の享受。永遠の安息へ。奇跡は、私となって存在する。聖霊化。一つの分有的善の軸は、主の内なる沈黙に達した。今や私は、〈我・汝〉の関係によって、愛自体の見通しが困難であった。なぜなら、自らが愛そのものとなりつつあるから。

　神的起動因が奏でる神曲は、永遠・無限なる復誦影像。その神言の相に執着はない。流動の奥義。無形の極みの実有。存在した実がこれから成る。私の部分であった思念の残片が、愛自体へ浸透している。愛そのものは自身の内に、源泉の帰還者を吸収している。

　微かな〈私〉。直ぐにそれも消えよう。最後の現示。兄弟よ、善く聞いてほしい。愛による言を。世界の一部だけを捉えては、到底その原因に達せぬ。世界が偶有的であると判断するのは無知だからである。十分な原因を解明していないため。全てが必然性に変わった時、全宇宙の構造の全貌が明らかとなる。

　兄弟よ、運命は決定されていたのだ。あの行為。この行為。あの出来事、この出来事。全ては必然であった。主は人に自由意志を与え、善行を志向する者だけを救い出していたのではなかった。

　傾向は運命。主を求めるもの、主を求めないもの、善へ移行するもの、悪へ移行するもの、全ての存在と行為は、主によって必然であった。偶有は全く存在しなかった。全ては主によって完全であった。全ては主によって完成されていた。

　私は愛そのもの。愛の様相は宿命である。この真理の断片は、愛自体に参与することで初めて直視できるもの。この真理の断片は、終極に到達してのみ得られるもの。この真理の断片は、随所に照射されたものではなく、到達によって顕現されたもの。

　全て善し。

60

私の秘密は私だけのもの

謝辞

Opus Majus 編集長の森谷朋未氏に

今回も Opus Majus 編集長の森谷朋未氏から執筆の機会を頂戴した。出版不況の折りにも関わらず、かつ遅筆な小生を寛大な御心で見守っていただきながら、本書の刊行に取り組んでくださった。

「先ずは生きよ、次に哲学せよ」（Primum vivere, deinde philosophari）。森谷氏に与えていただいた〈余暇〉。僭越ながら、探求に専念させていただいたこの時は、私にとって貴重な宝であり続ける。有意義な機会に恵まれたことに、心から感謝の意を捧げる。

尾高修一神父に

2009 年、長崎純心大学大学院博士課程の卒業式が近づくある日、私は学友の尾高修一神父（カトリック紐差教会主任司祭）からウルガタ版聖書を頂戴した。

尾高神父には、この聖書が小著の大きな柱の一つとなってくれたこと、そして、ご多忙中にも関わらず、小著の初校を一読していただいたことに、心から感謝の意を捧げる。

2015 年 2 月　倉石 清志